夜不語

秘檔案115

Dark Fantasy File

寶藏 下

夜不語

Kanariya 繪

CONTENTS

自序

最近成都很冷，特別特別的冷。

上星期的天氣都還挺暖和的，豔陽高照，溫度也有二十幾度。但似乎一轉眼的工夫，氣溫就驟降到只有五、六度。冷得人就像變成了兔子，恨不得打個洞，縮在洞裡邊。

我不想出門，不想幹任何事情。

成都的溫度只要一冷，一進入冬天就會霧霾得特別厲害。

今年因為受到新冠病毒的影響，工廠開工的少，路上的車也少，所以今年冬天霧霾的狀況，比往年好多了，空氣也乾淨很多。

這不知道是好還是壞。

自從去年查出我的心臟有問題以後，我就一直都在好好的休養。今年身體好多了，心臟方面的問題也少復發了。

說實話，我挺開心的。

這日子一年，一年過的。總覺得每一年都比前一年快了許多。前段時間看了一部日本電影。裡面有一段情節讓我至今記憶猶新。

在一面雪白的牆上，掛著一口一口的鐘。每一口鐘，都代表著一個人類。

嬰兒時，鐘的速度很慢很慢。青年時稍微變快了一點，但也沒快得那麼離譜。而人一旦到了中年，時鐘的指標就快了許多許多。到了老年，時鐘的速度一圈又一圈，就像是在飛。

看得我不寒而慄。

這是人類感知時間的速度，也是人類生命流逝的速度。

那時候我就在想，我的人生是不是也是這樣。遙想，剛開始寫小說的時候，我覺得每一年都很慢。我很懶。每兩個月寫一本書。這兩個月時間，我覺得截稿日期特別特別特別的遙遠。

是我變老了嗎？還是時間，本來就是一種錯覺。

而現在同樣是兩個月。截稿日期突然就變得莫名其妙，明明昨天還有兩個月的，怎麼今天就到了交稿的日子？

甚至家裡有了寶寶以後，人生就彷彿有了可以用肉眼看到的度量衡。我被女兒餃子一直用尺子衡量著，我的生命就像尺上的刻度，清清楚楚，明明白白。

這真的很可怕。

時間這種東西。真是太可怕了。

更可怕的是，從前年輕的時候，我非常厭惡討厭不喜歡的東西，不喜歡的食物，不喜歡的顏色。突然有一天睡醒後，居然有了親切感，突然變得，愛了起來。

不覺得恐怖嗎？時間連人類的性格，都扭曲了。

其實，我一直想寫一篇關於時間和空間的恐怖小說。而《寶藏》這本小說，裡邊就包含了許多時間和空間的概念。

至於劇情，就算放到現在也沒有落伍。

不過無論時間怎麼流逝，幸好還有一點保留著，那就是我寫小說的熱情。我或許會一本接著一本地寫下去，從少年寫到中年，從中年寫到老年。

也希望大家一本接著一本的繼續支持我。

愛你們。

夜不語

人物簡介

謝雨瀅：有趣的女孩，不但有趣，而且笨得可愛。

楊俊飛：知名的大偵探，曾經和主角在《茶聖》故事中相遇。最後變成了不穩定的朋友關係。

趙因何：黃憲村的撿骨師。（死亡）

孫　敖：某大學民俗學系會長，一副文質彬彬的樣子，待人處世都很謙遜，令人看不出他的心機。綽號敖老頭。（死亡）

孫曉雪：同一民俗學系會員，孫敖的女友。

張　訶：長年龐克打扮，模樣很有男人味，但喜歡擺出小女人的姿態。莫名其妙的大學生。綽號母兮兮。（死亡）

何　伊：性格活潑開朗的大學生，同一民俗學系會員。（死亡）

趙　宇：同一民俗學系會員。綽號壽司。

王　芸：同一民俗學系會員，趙宇的女友。（死亡）

許宛欣：謝雨瀅的好友，錢墉的女友。（死亡）

錢　墉：我的同學，小胖子，性格令人不敢恭維。（死亡）

李　睿：趁妻子熟睡時，用菜刀將妻子身上所有的肉一刀一刀割下來，剔得乾乾淨淨只剩下一副泛紅骨頭的瘋子。

彥　彪：手持黑市高價買來的槍枝，將所住樓層的所有住居民全部殺光的殺人魔。

夜不語：就是我。主角。是個IQ很高，但很多時候都理智得讓人感到乏味的人。從小到大，我的身旁發生過許許多多詭異莫名的事情。有感於此，我開始用筆將它們一個接著一個記載了下來，寫成了小說。沒錯，就是你們正捧著的這本。

寶藏，這種東西一般來說都帶有強烈的欺騙性，是極少數人讓絕大多數人吃虧的重要條件。很不幸，我從小就站在平庸人士的大團隊中，但還好，我有個優點，同一種虧不會吃兩次。

但遇到了多少怪異的事情，吃了多少莫名其妙的虧以後，我仍然喜歡尋寶的感覺，喜歡得不要命。因為沒有人知道，所謂寶藏中，埋藏的究竟是什麼。

——夜不語

楔子之一

知道什麼是「命命鳥」嗎？

嘿，這是一種很有趣的生物。

據說這是在雪山上，有著兩個頭的共命鳥，牠們一方清醒時，另一方就會陷入沉睡。但其中一個頭常常覓到甜美的果實作為食物，而另一個頭卻不曾覓得美果，終於心生妒意，故意取毒果來吃，想毒死另一頭鳥，結果因為牠們本來就是同身共命的怪鳥，因此雙雙身亡。

佛經上常常用這隻一身兩頭的共命鳥，象徵善與惡、夢與醒，和迷與悟的兩面。這兩面的抗爭與順受的命運休戚相關。若善的悟性抬頭，就可以使惡念迷愚銷匿，讓生命回歸淨土，但若是相反，則會萬劫不復。

我是趙宇，原本是一名十分平凡的大學生，過著十分平凡的大學生活，也有幾個很屌很不錯的朋友。原本我對這種生活十分滿足的，但直到有一天，平衡被打破了。

打破這種微妙平衡的是孫敖，我曾經最好的朋友。

不，不能說是曾經，直到現在我也理所當然的認為，以後的人生中再也找不到比他更棒的朋友了。雖然，我親手殺了他。

那一天，我記得很清楚，是兩年前的七月十一號，孫敖帶了一個女生到我們的老地方。

「她叫孫曉雪，從今天開始，就是我的女友了。」他這樣對我們說，戴著金絲邊眼鏡，秀氣的臉上少有的微微泛紅。

那是個很秀氣的女孩，大家閨秀的模樣，很恬靜地站在他身後。就在視線接觸到孫曉雪的那一剎，我的心臟不爭氣地拚命跳動起來。

沒想到，我也有暗戀某個人的一天，而且那人，還是我最好朋友的女友。

沒想到，暗戀一個人的感覺，居然那麼苦，苦澀得想要自殺。我不是沒有想去爭取，但是，我做不到。

因為我和孫敖，沒有可比性。他，在任何方面都比我強太多了！

暗戀的日子就這樣一天一天的過下去，沒有人看出來，也沒有人知道每次和他們出去時，我有多痛苦。

甚至，每次站在較高的位置，我都會稍微衡量跳下去的話，會不會毫無痛苦的死掉。

那些日子，原本應該平凡的我開始變得頹廢，無盡的頹廢充斥了一切。沒有任何上進心，只知道混時間，總覺得自己的人生可能就這樣了。

一個人生活失去了彈性，而且還心灰意懶，根本就不願意改變的時候，是很可怕的。可怕到，心裡會不時暗暗計算本國高達十萬分之二十三的自殺率中，會不會哪一天留下自己的名字，變成每年二十五萬自殺者的其中一員。

終於有一天，我決定自殺了，跳河。

那一天是二月十一日，是我二十二歲的生日。

我記得很清楚，那天我買了蛋糕、一些肉食還有大量的啤酒，深夜騎著自行車跑到金河的河堤上。

點燃蠟燭，許了願望，吹滅，然後喝了個爛醉。

那時金河的水流很急，我就那樣直愣愣地望著河水，心裡思忖著自己不會游泳，四周漆黑得不成樣子，也不會有人來救，而且這裡剛巧水很深，足夠淹死一個人了。

跳不跳呢？

有些猶豫。

於是我搖搖晃晃地站起身，先投石問路，向河裡扔了塊石頭。聽聲音，石塊立刻就被激流帶走了。很好，跳下去，肯定會沒命。

正猶豫掙扎徘徊的時候，一道聲音猛地在身後響了起來。

「你想自殺？」

他悄無聲息地就站在我身後五公尺的位置，我甚至不知道他是什麼時候走來的。

「不用你管。」沒有想太多，我賭氣地吼道，然後向他瞟了一眼。是個男人，很年輕，大約只比我大幾歲。

「那你有沒有想過，自殺稍微有點不值得。畢竟人的一生本來就已經短暫得可憐了。」他笑了笑，絲毫不在意地坐到我身旁，「說不定，事情糟糕到盡頭就會有轉機。」

「不可能的！」我滿臉沮喪地將頭癱縮在雙膝間，腦中不由浮現出孫敖和孫曉雪親密無間的樣子，「我沒有機會。」

那男人哈哈大笑起來，秀氣的臉孔上透出絲絲令人想親近的感覺，「機會這種東西，別人說了不算，要自己來判斷。聽過命命鳥的故事嗎？」

隨後，他慢吞吞地將命命鳥的故事告訴了我，然後從懷裡掏出了一張老舊的紙，「既然你都不想要命了，那麼要不要和我打一個賭？」

「什麼賭？」我抬起了頭，不知為何，我突然對他的賭有點感興趣了。

「很簡單，這裡有一張藏寶圖。送給你。」他依然笑嘻嘻的，卻沒有絲毫開玩笑的樣子。他的笑容，很認真。

我接過那張所謂的藏寶圖，沒有看，只是盯著他，「然後呢？下文是什麼？我可不信世界上有那麼便宜的事情。」

「沒有下文了，就這麼多。」他站起身拍了拍屁股，「我剛才不是說過嘛，事情糟糕到盡頭的時候就會有轉機。這或許對你而言，就是個轉機。而且，這張圖對我沒用，還不如送給有緣的人。」

說完後，他便走了，融入不遠處的夜色中。

我愣了好久，這才就著手機的光芒，打量起這張所謂的藏寶圖來。

畢竟也是混民俗系的，基本的辨別能力還是有的，沒想到，圖居然是真的。

圖的另一面有一些奇怪的文字，我留了個心，記錄了下來。

沒想到，這張圖真的改變了一切。

果然如那個男人所說的，事情糟糕到盡頭的時候就會有轉機。我平凡人生的轉機真的到了。

嘿，命命鳥，有趣。

或許，我也能變成牠。

不過首先，到了增加夥伴的時候了！

楔子之二

知道什麼是生命樹、宇宙樹和天梯嗎？

北方少數民族薩滿教認為：在天地間生長著高大的宇宙神樹，也稱薩滿樹，它直插天宇，支撐著九天，其枝椏連接著天上眾神之居所，根鬚接通地界。薩滿神魂通天是經由這棵高大的神樹，人的靈魂升天也是扶搖神樹而上進入穹宇。

記得〈西伯利亞各民族的鷲崇拜〉一文記載：原始時期的錫伯族薩滿舉行升天儀式中，就有刻記九天的高大神樹。

後來，在北方各民族的宇宙樹觀念中又衍生了高山、神杆、天梯，並認為聳入雲天的高山、神杆與天梯均可撐天或通天。

只有登上通天的刀梯，去拜謁薩滿教女祖「伊散珠嬤嬤」及眾神靈之後，才能具有通天的本領，並成為「伊勒吐薩滿」。

至今錫伯族民間仍然有祭拜高大古樹的信仰習俗。滿族也有設「索拉」祭天和祭祖先在天之靈的風俗。

錫伯族的民間剪紙、刺繡等藝術作品中出現的天梯、神樹，就是薩滿教「宇宙樹」

信仰觀念的遺存與體現。

在現代，神樹的圖案多用於婚慶禮儀，被稱為繁衍樹和生命樹，或單獨出現或配合著花鳥、草蟲、果實、人物，成為婚禮慶典中的喜花。

寓意生殖與生命的繁衍，及生命永存的美好願望，而「天梯」等形象則多用於喪葬活動中，繡在死者的壽鞋鞋底上，成為引導死者靈魂升天的符號。

謝雨瀅的身前不遠處就有一座刀梯，很長很長的刀梯。

不知道這是哪裡，也早就忘了自己怎麼來到這裡的。

她只記得自己騎著自行車在濃霧裡疾馳，身後有東西一跳一跳地追趕著。於是她便拚命逃，而身後的東西依然不緊不慢地跟著，一直到自己逃回家，開了門，鞋也來不及脫就鑽進了被窩，將頭藏住，身體怕得瑟瑟地發抖。

可那該死的聲音絲毫沒有消失。

它居然跟著她回家了，也不知道怎麼進來的，只是一跳一跳地將整個屋子都跳了一遍，然後便向自己的房間跳來。

緊閉的房門完全沒有阻礙到那東西的進入，謝雨瀅死死地拽著被子，心裡默唸所有自己知道的神靈。可是沒用，那玩意兒在她的床前略微暫停了片刻，猛地跳到了她的身上。

接著，她因為過度恐懼暈了過去。

醒來後便來到了這個鬼地方。

視線所及的地方全是暗紅色，黯淡的紅觸目驚心，令人心情十分壓抑。似乎沒有盡頭的刀梯下，開滿了成片成片，妖異濃豔近於紅黑色的花朵，那是能將一切都染成了觸目驚心的如火、如血的赤紅。

這花她認得，居然是彼岸花！

難道，自己已經翹辮子了？不可能，明明還有知覺的，鬼哪有可能還知道痛？她用力捏了捏自己的大腿，無可奈何地嘆了口氣。

什麼鬼地方，難道自己被鬼抓了，就快變鬼了？

她苦笑，再次打量起四周。

刀梯上似乎有東西。

謝雨瀅用手在眼睛上搭了個橋遠眺，好不容易才看清楚。在刀梯上不知道多遠的地方，真的有東西。

那是一棵樹，一棵泛著青銅光澤的樹。

不知道自己為什麼能看得那麼清楚，就連細部特徵都一清二楚。

樹幹高約三十幾公尺，枝盛葉茂。樹幹略呈圓錐狀，最下邊呈圓環形，樹頂有濃烈的霧氣環繞，除此之外，還有三座怪異的山，山上也是雲煙霧繞，根本就看不出個所以然。

樹幹在山頂的正中央，生長得很筆直，有大量的樹根露在外邊。樹幹上有三層樹枝，每層分出了三根枝椏。枝椏端部似乎長著火紅的果實。

走上刀梯，看來是唯一一條可以選擇的路了吧。仔細打量了許久，謝雨瀅做出了這個結論。

她思忖片刻，決定賭一賭，身體依然害怕地顫抖著，咬牙，提起腳，好不容易才踏了上去。

心臟因恐懼而狂亂地跳動著，但心裡一直有個聲音在鼓勵自己，支持著已經怕得快要崩潰的神智。

不管怎樣，就算要死，至少，最後也要見他一面……

死在他懷裡！

第一章 DATE：五月二十七日凌晨一點三十分 謎點

有人說，這個世界的一切都是公平的，給你一些，就必然會失去一些。於是有趣的事情就出現了，非常的有趣。

例如，站在我跟前的這位嘴角帶笑的帥哥。

照例先自我介紹，我是夜不語，一個好奇心嚴重，但是最近不怎麼走運的人。不然，依照自己從前的性格，這個笑得十分燦爛，一直衝我和楊俊飛攤開手的傢伙早就完蛋了。

很好，因為他馬上就會完蛋。楊俊飛和我對視一眼後，暗中悄然無聲的行動起來。

我悠閒地向那位帥哥堆起虛假的友善笑容，虛假到連自己都覺得自己笑得非常開心，「有趣，沒想到還能遇到同行。」

那個男人不言不語，只是笑著，絲毫沒有將攤開的手縮回去的意思。

我繼續笑，並瞥了證物室一眼，「裡邊東西還很多，我們沒拿完，請自便。」

那人笑笑地搖頭，終於出聲了，「我只要人頭像。」

果然是衝這東西來的，越來越有趣了。

上。

「人頭像？什麼東西？壓根就沒見過。」傻瓜都看得出來我毫不掩飾自己在撒謊。

「是嗎？哦。」男子的笑容在臉上凝固了，迅速地將手收回，視線固定在楊俊飛身上。

我皺了皺眉頭，行動被發現了？不至於吧，雖然對老男人有諸多抱怨，但是他的實力我還是十分信任的。

那男子也沒有什麼行動，就是看著楊俊飛。

「他身上。」那人指了指老男人。

楊俊飛立刻笑起來，「到嘴的鴨子，你以為我們會吐出來嗎？」

那男人陰狠地瞥了我倆一眼，「由不得你們。」

就在他說出那番話的時候，不知是不是錯覺，我突然覺得他的雙眼猛地一亮，緊接著就感覺到一陣陣暈眩。

就只是一瞬間，原本變得黯淡無光的四周，扭曲著再次恢復了正常。

只見身旁的老男人身體也稍微搖晃了幾下，猛地扶著牆壁，搖晃了好一陣腦袋。

那男子似乎覺得很驚訝，「咦」了一聲，皺緊眉頭。

我不太清楚他究竟對我們搞了什麼鬼，但內心總有一種怪異的危機感。

「老男人！」我大吼一聲。

「我知道。」

他敏捷地衝了過去，那個剛才很跩的傢伙反應也非常敏捷，毫不猶豫地撒腿就往樓梯跑。

老男人冷哼了一聲，飛快地閃到他身後，一個手刀劈過去，那個反應很靈敏的人頓時昏了過去。

老男人用手倒提住那人癱軟的身體，然後和我很有默契地搜刮起他身上的物品。皮夾裡居然有身分證和銀行卡。

「老天，這傢伙跑到警察局來偷東西，居然還敢帶身分證！」我嘖嘖地撇嘴還一邊評價，一邊就著昏暗的手電筒光線打量起身分證，「李睿？怪了，這個名字總覺得熟悉。」

「先別管了，他身上不只身分證有趣，還有個更有趣的東西。」老男人嘿嘿笑著，手中捏著一個青銅人頭像。

我拿過來仔細打量了一番，「真貨。老男人，把他提回去好好請教請教。」

「恐怕不只請教那麼簡單吧。嘿嘿。」老男人笑得十分奸詐，聽得我全身直起雞皮疙瘩。

「李睿！李睿！奇怪，這名字我肯定在哪裡見過。」既然東西到手了，我們便循原路離開。

一路上順順利利，居然一直沒有人到配電室檢修，實在有些古怪。

被老男人抓住的男子，一直癱軟地昏迷著，偶爾打量著他的樣子，終於想起了他的身分。

「老男人！」我的臉上閃過一絲驚訝，一把抓住走在前邊的楊俊飛肩膀，「我記得在什麼地方見過這個狗雜種的資料了！」

楊俊飛有些不明所以，悶悶地問：「他的身分很重要嗎？」

「聽我說完！」我語氣急促道，「還記得前段時間發生的殺人案嗎？其中有一個叫李睿的，趁妻子熟睡時，用菜刀將妻子身上所有的肉一刀一刀割下來，剃得乾乾淨淨，只剩下一副泛著血色的骨頭後逃逸無蹤，全國的報紙雜誌，還有各大機關單位的門口都貼滿了他的通緝令。你看看，根本就是這傢伙！」

我朝他頭上踢了一腳，好讓那傢伙的臉孔翻上來正對我們。

楊俊飛的臉色頓時變得凝重起來。

「臭小子，這次我們恐怕是逮住大魚了。」他乾笑了幾聲，「不過還有許多想不通的地方。而且更重要的，為什麼他身上會有青銅人頭像？」

「不知道，現在也不需要想太多，把他弄回去好好請教一番不就明白了，我相信你的說話技巧。」

我皺了皺眉頭，「不過既然他們知道青銅人頭像放在這裡，就一定是知道人頭像的來源以及大致的分配，還很可能知道那群死掉的大學生。整件事情恐怕都和趙宇有關。」

楊俊飛思忖了片刻，道：「說起來，剛才在抓住這個混蛋前，你有沒有什麼異常的感覺？」

「似乎有點頭暈。」我想了想，「不，不能說有點，幾乎差點就要暈倒了。」

「嗯，我也有這種感覺，本來以為是錯覺。哼，有古怪！」他看了依然昏迷不醒的李睿一眼，「你說，有沒有可能是他搞的鬼？」

「你的意思是——特異功能？」我頓了頓。

「我不知道，不過你不覺得奇怪嗎？」楊俊飛的語氣沉重起來，「作為一個被通緝的人，他居然敢大搖大擺地走進警察局偷東西，大搖大擺地砸破玻璃門，根本就不怕驚動警局裡的人，比我們囂張不說，還在遇到我們時沒有絲毫驚惶的神色，一副勝券在握的樣子。

「但是我打量他時，他完全沒有抵抗的能力，力氣小得就像個沒有拿過重物的書生，太不合邏輯了。請問，他憑什麼這麼有自信？」

我有些呆住了，說起來，這個叫做李睿的殺人犯，果然是有些與眾不同，「這個傢伙接觸過青銅人頭像，或許已經被感染得有些呆頭呆腦了吧。」我有些無力地自圓其說。

「一個呆頭呆腦的人，真的能穿過有幾十個帶槍警察值班的警局一號樓，大搖大擺地來到二號樓的證物室？嘿，這種傻子我都想當。」他唏噓道。

「但問題是，如果他真的有什麼特殊的能力，我們怎麼可能完好地站在這裡？」我揉了揉鼻子，「可能現在被抓在手上的就不是他，而是我們了。」

「不管了，弄回去和他好好交流一番。」楊俊飛也大惑不解，用手在那混蛋的臉上使勁抓了一把。

「混蛋，不把你小子肚子裡的東西統統掏出來，我就不姓楊。哼，果然越來越有趣了。回國果然是沒回來錯。」

「變態。」我嗤之以鼻，「當心有趣到連命都沒有了。」

「放心，我想死閻王都不敢收，他怕我搶他的位置坐著玩。」走到下水道的盡頭，老男人狠狠地在李睿的太陽穴位置敲了一下，「有備無患，讓他睡得熟一點我比較安心。臭小子，準備回家。」

「嗯，嘿，今天晚上八成又要忙通宵了。」我用手理了理脖子上的圍巾，脖子上那些怪異的痕跡讓我心煩，但更令自己心情煩躁的，卻是謝雨瀅的下落。

她究竟到哪裡去了？遇到了什麼事？一切的一切，都要透過這些古怪的人頭像來解開謎底。有生以來第一次那麼害怕，怕自己萬一解不開，她，又會變得怎麼樣……

※　※　※

DATE：五月二十七日凌晨二點二十分

孫曉雪捂著腦袋，痛苦地從地上撐起沉重的身體。周圍很暗，很臭，是腐爛的臭，她掙扎著張開雙眼，只看到漆黑的四周。

好不容易等到眼睛適應黑暗，才發現自己躺在一條潮濕的小巷子裡，周圍有許多傾倒的垃圾桶，桶裡的垃圾大部分蓋在了自己的身上，噁心得要命。

孫曉雪用力地搖了搖頭想讓自己清醒一點，現在腦子十分混亂，似乎有些什麼令人焦急的事需要自己確認。

是什麼呢？

過了許久，她才徹底明白自己的狀況。呆了幾秒鐘，才從垃圾堆裡跳起來，沒來得及嫌棄身上和四周的骯髒，便瘋了似的在衣服裡摸索。

許久，她才長長地舒了一口氣。還好，在男友租屋裡找到的線索，都還完好地藏在身上。

怪了，趙宇為什麼沒有殺了自己，甚至沒有將自己身上的東西掏走？他不就是為了這些資料，才埋伏在租屋附近等自己出現的嗎？

孫曉雪現在的樣子活像一隻剛從糞坑裡爬出來的落水狗，原本烏黑秀氣的長髮被垃圾中分解出來、散發著惡臭的黃色液體染得濕漉漉的，一綹一綹地貼在頭皮上，身上雪白的衣裳也變得骯髒不堪。

她沒有在乎太多，甚至來不及在乎，只是一個勁地打量四周。

這條巷子實在太亂了，大部分的垃圾桶都毫無規則地翻在地上，看樣子似乎發生過打鬥。難道是某種自己不太清楚的原因，迫使趙宇丟下自己？

不明白，實在不明白，不過有一點可以肯定，這附近可能依然很危險。無論怎樣，至少要活著，把男友辛苦留下來的資料送到夜不語那小子的手上。

只有那樣，才有機會報仇！

孫曉雪深深吸了一口氣，頓時被周圍渾濁的惡臭嗆得咳嗽起來。

※　※　※

當孫曉雪好不容易回到郊外的別墅時，我正和老男人坐在沙發上開心地喝著紅酒，那個叫李睿的男子被牢牢地捆在椅子上，依然昏迷著，我們並不著急，悠然地耐心等待著。

孫曉雪悶不作聲地用我給的備用鑰匙開了大門，頓時一股惡臭洋溢在大廳裡，伴著那瓶91年的Château Valandraud紅酒散發出的芬芳氣息，猛地竄入肺中，害得我和老男人差些窒息。

我咳嗽著一把將高腳杯扔掉，跑進洗手間裡深呼吸了好幾次，這才驚訝地望著眼前這位骯髒得不成人樣的美女。

「請問，您這是怎麼了？」我強忍著嘔吐的欲望，謙卑謹慎地再次後退了幾步。

「說來話長。」孫曉雪從衣服裡掏出了一疊資料，輕聲道：「孫敖留了一些線索給我，似乎很重要。」

還是老男人有修養，他面不改色地從她手中接過資料，還在那股惡臭中面不改色地聞著手中紅酒的味道，然後似乎還想要輕輕喝上一口。

可惜世間的事情往往有些不盡如人意的遺憾，就在他接過資料的下一秒，驚嚇過度又在惡臭的薰陶下徒步走了兩個多小時，全靠一口氣撐著的孫曉雪終於忍不住，身體一輕，向他倒了過去。

這個變數不但毀了他差些到嘴的紅酒，還毀了他聲稱高達一萬多美元的高級西裝。楊俊飛這傢伙極為惡劣，非常粗魯地在浴缸裡放了一缸子水，然後將看得到的所有沐浴露、沐浴香精等等東西統統倒進水中，然後將她連人帶衣服一起扔了進去。

他脫掉外衣，順便扔進浴池裡，這才回到大廳。

而我，當然已經開始研究起孫曉雪帶回來的資料。

這些基本上是孫敖整理出來的零碎資料、剪報，甚至還有一張藏寶圖的影本。

老男人默不作聲地走到我身旁，分出一部分資料，仔細看起來。

資料都是關於魚鳧王朝的，例如歷代王朝的興滅等等，以及魚鳧王朝滅亡後，寶藏的走向。

再來就是他們去尋寶的黃憲村周圍的瑣碎報導，其中一個叫做石埡口村的小村落，孫敖似乎很感興趣，甚至做了一些注釋和對那件事的看法。

「石埡口村，看地理位置不就和黃憲村僅僅一山之隔嗎？兩者的直線距離基本上不超過五公里，會不會那裡的怪病也和黃憲村出土的青銅人頭像有些關聯？」我隨手在電腦裡搜出了它的地形資料。

「不明白，真的搞不明白。」楊俊飛按摩著自己的太陽穴，「又是藏寶圖，又是青銅人頭像，而且那些人頭像似乎還有著莫名其妙的神秘力量。

「臭小子，你說在黃憲村裡，有沒有可能埋著一個沒有人知道的寶藏，一個跟魚鳧王朝有關的寶藏？」

「非常有可能。」我思忖片刻後點頭道，「據美國一家雜誌的不完全統計，至少還有三萬多個價值超過一億美元的稀世珍品，被掩埋在某個角落。只要運氣好，無論是誰，都有可能在偶然間發現。

「我們這麼聰明的人，突然發現一個也不是什麼值得驚訝的事情。而且，我最近再次對魚鳧王的寶藏做了調查。你看看。」我示意楊俊飛坐下，從電腦裡將圖例和資料調出來。

「首先，假定黃憲村裡確實有寶藏，而且是魚鳧王朝的寶藏，但魚鳧王朝至少延續了大約八百年左右，那黃憲村的東西，究竟是哪一代的魚鳧王埋下的？

「我想，最有可能的是最後一代魚鳧王嗝屁後，後裔拖兒帶女，帶著族裡最神聖的東西沿著岷江往下走，最後顛沛流離到黃憲村的位置，實在沒辦法了，才將東西一埋了之，一了百了。」

「有什麼證據？」楊俊飛皺眉問。

「這個就值得稍微探討一下了。」我在電腦上打開以前調查的資料，「看看這段，一直以來，關於魚鳧王朝的滅亡，有三種說法。

「第一說是，魚鳧王是被杜宇所滅。據說來自蜀國以南朱提的年輕杜宇王，趁魚鳧王朝傾精銳北上參與伐商之際揮師入蜀，一路勢如破竹，不到一個月的時間就打到了三星堆蜀都城下。

「魚鳧城內，魚鳧族將士在三個巨大的黃土圓丘上，點燃了祭天地祖先的燔燎，並將從西南商道入貢國都的數十頭珍貴大象全部宰殺，以慰勞與社稷共存亡的將士們。

「象牙鏈及國之重器青銅縱日大面具、青銅神樹以及巨大的玉石璧璋和貝貨珍寶，被依次投入幾座火坑。終於，魚鳧王和他的將士們淹沒在翌日的血泊中。那三個巨大的黃土圓丘，就是現在的世界文化遺產三星堆。

「還有一說在西元前一〇二八年的冬天，即周武王十一年，太公姜尚，派使節入蜀。聯絡蜀王魚鳧氏，會同西南巴濮各部，相約次年春天，會師孟津，進軍朝歌，共建新的王朝。

「蜀與周人本是姻族，加之長期受到殷人的鎮壓和殘害，早對『瘟商』恨之入骨。所以欣然加盟，傾其精銳北上伐紂。

「而蜀中彝濮等小國，對蜀人來到川西平原屢屢侵吞他們的領土十分不滿。但蜀人武器精良，又抵抗不過，然而，驅蜀之心，早已有之。因此，趁蜀軍揮師北伐，國內空虛之際，一舉摧毀了魚鳧王朝。於是，蜀人又一次亡國。

「注意了，最後一說最有意思。」

我點了點螢幕，「《蜀王本紀》裡曾記載：『魚鳧田於湔山，得仙，今廟祀之於湔。』而《華陽國志》裡也記載：『魚鳧王田於湔山，忽得仙道，蜀人思之，為立祠。』還有一個版本的《蜀王本紀》則說：『（魚鳧）王獵至湔山，便仙去，今廟祀之於湔。』」

「仙去？」老男人注意到了我每次唸到「仙去」這個詞時都加重了語調，不由得跟著唸了出來，「仙去的意思不就是嗝屁了嗎？」

「那是後世的意思，那個時候最好注意它字面上的意思。」我把「仙去」這個詞用力指了指，「所謂仙去，最好理解的就是成仙而去，有意思吧。」

「不明白有什麼意思。」楊俊飛老老實實地回答。

「那我們就先來稍微分析一下吧。」我整理了一下詞語，把最近的調查彙整了一下，「說到魚鳧遺子和人頭像等等東西，首先要提到三星堆。

「書上有提到：『魚鳧王獵於湔山，忽得仙道。』湔山在哪裡？據考證，應該在灌縣境內沿白沙河一帶。而且壓根就沒有任何史書提到過三星堆。

「那麼，發生在三星堆的決死一戰，就子虛烏有了。當然也不可能有杜宇和魚鳧王朝的這麼一場戰爭。但說到魚鳧王是因為『傾精銳北上伐商』，而被杜宇乘虛而入，最後使得王國滅亡的嗎？也有疑問。

「《尚書．牧誓》提到過蜀。整段話是這樣說的：『嗟，我友邦冢君、御事，司徒、司馬、司空、亞旅、師氏、百夫長，及庸、蜀、羌、髳、微、盧、彭、濮人：稱爾戈，比爾干，立爾矛，予其誓。』

「翻譯成現代的話，應該是：『啊，我敬愛的友邦君王和各級軍事官員，以及參與伐商的庸、蜀等族的朋友們：請舉起戈，列好隊，豎起矛，聽我宣誓。』從以上可以看出，參加伐紂的國名都沒有被具體提及，提及『蜀』，是指稱『蜀人』。

「所以，『蜀』、『羌』參加伐紂，很明顯不是以國家的名義出現的，又怎麼能叫『傾精銳』呢？當然，現在的歷史學界也有引用《四川通史》中說『周師伐魚鳧氏之國，克蜀』的。與前者不同，三星堆一戰的主角當然不是魚鳧王與杜宇。

「《逸周書》有新荒命伐蜀的記載，說五天之內，伐蜀的將帥就班師凱旋。不說西周鎬京、東周洛陽，就是從周朝的邊境出發，五天也走不到蜀國的三星堆或今彭縣的湔山，更不說要打仗，還要班師了。這顯然不是成都平原的『蜀』。

「問題是，杜宇能不到一個月，就來到『三星堆』城下嗎？杜宇從朱提渡長江，沿岷江而上，一路要遭遇各濮族小國的狙擊，在江原還有『完婚』的大事。

「征服了這些濮族小國，還要教他們務農，取得信任才能聯軍伐魚鳧。別說一個月不行，就是五個月也不成，即使是『虛構作品』，也還有不少漏洞。」

楊俊飛聽得皺了皺眉頭，稍微搖頭道：「關於這些我也調查過。你的意思是，魚鳧氏的『仙去』，與杜宇無關，應該是被土著趕走的？這點我贊成，最近稍微看了看《蜀王本紀》和《華陽國志》，裡面就有一些線索。

「從岷山而下的蜀族，為了取得更大的生存空間，與當地的土著，主要是濮人，會不斷地發生戰爭。其情況就與十六、十七世紀歐洲人征服美洲差不多。

「他們來了又被趕走，趕走後又來。所以，從蠶叢國破開始以至柏灌、魚鳧。史書上說『此三代各數百歲，皆神化不死，其民亦頗隨王化去』。

「魚鳧氏在湔江站穩腳跟，一定會侵略周圍的土著，也必然遇到土著的堅決反抗。他們雖然比土著先進，但是正如《蜀王本紀》指出的『時蜀民稀少』，他們人數不多，在成都平原上，多數是土著，於是，他們又再次被趕走

「但是，這次被趕走，不是躲回彭州北端的深山再伺機復出，而是被徹底滅國。讓其子民順著岷江河谷往南流浪，必定還有其他方面的原因。我覺得，所謂的『仙去』，不過是『趕走』這個詞語比較書面好聽的說法罷了。」

「不對不對，你還是沒聽懂！」我擺了擺手，不屑地接過話題。

「西元前一〇二八年冬，即周武王十一年，太公姜尚，派使節入蜀。聯絡蜀王魚鳧氏，會同西南巴濮各部伐紂。在此國內空虛時，居然被彝濮等小國滅了。

「亡了國的蜀人，沿著岷江南下。溫江、犍為、瀘州以至川東等地，都有他們的足跡。也有北上想回茂汶故地的。所以古灌縣也有蜀人的身影。

「按說，蜀國既加盟伐紂，《牧誓》中，蜀就應該在『我友邦冢君、御事』以內，

但誓詞中講的都是『蜀人』。那麼，魚鳧王朝的覆滅，當在牧野誓師之前。

「魚鳧王朝在蜀中失國了，參戰的武士，繼續參加伐商的戰鬥，他們在戰爭中立了功，其首領封為伯，因為他們都是戰士。所以，在魚鳧氏的魚字旁，特別加了一個『弓』字。並在渭水之南，清姜河西岸的地方，為他們建立了一個國家——漁國。」

「那和我們現在想要解決的寶藏問題有什麼關係？」楊俊飛有點不耐煩了。

「別急，聽我說下去。」我喝了一口紅酒，「我以前曾跟著二伯父在寶雞參觀青銅器博物館。館中有大量文物出土於茹家莊、竹園溝、蒙峪溝和紙坊頭等處。

「其中鼎器的製作和格式，已完全與殷商時期的中原樣式相同，但其武器如戈、劍、矛等卻明顯與古蜀文化如彭縣、新繁和廣漢出土的器物相似。

「二伯父認為這是由於漁國的主體，是留在中原的原蜀國人身上。他們沒有從龍門山南下回到川西平原，正說明蜀中的魚鳧王朝，已暫時不存在了。

「而在其他的一些青銅器物中，如鳥、象、魚、龍、貘、豬等，可以看到三星堆青銅器的元素。特別是三隻足的青鳥，與三星堆的一些神禽神獸，異曲同工。

「但多數已有實用價值。周人用車已經很普遍，車上有各種青銅飾物，其中人的手形，與三星堆青銅大立人的『手印』十分相似，說明兩者之間有某種淵源。

「特別值得注意的是，漁伯的正妻叫井姬，可以看出，周武王為了留下這批蜀中將士，特別把自己族中的女子嫁給他，以表彰他的功績，鞏固他和西周王朝的關係。

「據說，漁國最強盛時，南界曾越過秦嶺，達到嘉陵江上游。但他們始終未能進入四川盆地，恢復魚鳧王朝。於是歷史的重任，落在了杜宇部落的身上。

「由以上資料可以得知，在魚鳧王朝滅亡後，漁國建立時，魚鳧氏已經不在了。魚鳧王的『仙去』消失，實在有值得商榷的地方。」

我打開一張現代的地形圖，又和孫敖影印的藏寶圖對照了一番，語氣略微得意地說：「自從聽了黃憲村的事，我就有些在意，還特別找了當地的地形地貌資料。

「本來想找個辦法把藏寶圖給弄過來，嘿，現在省事了。你來看看，我之前特意在美國買的這款軟體，能夠根據地形的演變，來推斷出這張藏寶圖的年代，時間甚至能精準到月分上。」說著我用掃描器將藏寶圖掃進電腦裡。

楊俊飛遲疑道：「這張圖一看就是手工畫的玩意，而且至少也有三千多年的歷史了。手畫的就會出現很大的誤差，這樣也能行？」

「就算不相信我，也要稍微相信一點美國佬的技術嘛。軟體可是很專業的，據說判斷力超強悍。」我撇了撇嘴。

等了好一會兒，軟體的進度分析器這才緩緩地爬行到終點，一大堆分析資料以表格的形式列了出來。

我們把注意力集中在時間上，藏寶圖的繪製時間落在西元前一〇二七年到一〇二九年之間，和我推斷的時間大致相同，也就意味著，這玩意兒是真貨！

我和楊俊飛對視一眼，雙方眼中都有掩蓋不住的驚訝。

我乾咳了好幾聲才強忍住激動，喘著粗氣說道：「好傢伙，我們真的撞到寶了。老男人，你看黃憲村的位置，剛好位在魚鳧王朝和漁國之間，這很有可能是魚鳧王朝的撤退路線。

「我看那個狗屁史料記載的什麼『王獵至湔山，便仙去』的瞎話純粹是狗屁。說不定魚鳧王是在撤退時嗝屁的，黃憲村的那個寶藏是個巨大墓穴，埋了魚鳧王的屍體，以及歷代魚鳧王朝最神秘最重要的禮器。

「相比之下，現在舉世聞名的三星堆中埋的東西，根本就是上不得檯面的垃圾貨色！」

楊俊飛深深吸了幾口氣，仰頭躺在寬大的沙發上，突然哈哈大笑起來，笑得止都止不住。

許久，他才舒了一口氣，「真是太有趣了。我沒猜錯，跟著你這臭小子絕對不會遇不到好玩的事。老子操，這個寶藏我不把它找出來挖個空，我就不姓楊！」

正當我們激動地策劃著該怎麼進行下一步時，突然一聲驚叫從洗手間裡傳了出來！

第二章 DATE？陷阱

身體在黏稠的液體中下沉，四周像是有無數的手在拉扯著自己，想讓自己永遠都浮不起來。夜峰覺得無法感覺到自己身體的狀況，他用力地想要張開眼睛。

張開了，終於張開了。

※　※　※

又一個陽光燦爛的早晨，滿滿的都是白晃晃的光芒，很刺眼。

我搖了搖昏沉沉的頭，伸了伸懶腰後，去洗了個澡。看看時間，才九點。

奇怪，難道自己作了個怪異的惡夢？

猛地，電話鈴響了。居然是自己的頂頭上司兼老婆大人打來的 Morning Call。她嬌嗔地說想吃火鍋粉，要我去排隊。

火鍋粉，多麼令人厭惡的東西，光是聽到那三個字就讓自己的胃有點抽筋。其實不光是我，就連小夜也一聽那三個字就顫抖。怪了，她明明知道我不想吃的，以前也不會勉強我，今天究竟是發什麼神經？

「我能不能不去？」於是我很小心翼翼地試探道。

結果是，她很不爽地甩給我一句話：「你不想去就算了，大不了我在公司吃午飯。」

我愣了愣，苦笑。

我只好先到銀行把要辦的事情處理好，順便領錢繳了網路費。早飯也沒來得及吃，就急匆匆地向外北街跑，因為那裡的火鍋粉要排很久。

嘿嘿，我去了，不知道她會不會覺得驚喜呢？

我這麼想著，看看手機上的時間，十點三十五。

到了火鍋粉店，進去一看，哇！我滴天，裡邊密密麻麻的都是人，女人，一群一群的女人。男性大概除了那位正在燙火鍋粉燙得滿臉喜慶的老闆外，就只有我了。

總覺得，裡邊的女人見孤家寡人的我走進去，都愣了一下。

難道，我就這麼和火鍋粉格格不入嗎？

不過也對，原本就很格格不入。我幾乎是強忍著那種刺鼻的味道，先要了兩碗，然後望著人群發愁，還這麼早就要排隊了。

做人還是聰明點，先佔位子。

我大馬金刀的一屁股搶了兩個位子，然後耐心地等起來。

等啊等，等啊等，等了小半個小時，居然，什麼都沒等到。

「怎麼火鍋粉還沒給我端過來……」我小聲咕噥著。

只見坐我對面的兩個女孩怪異地望了我一眼，噗嗤一聲地笑出來。

「那個，我說這位帥哥。」正對面右邊的女孩用筷子指了指我，「這裡的火鍋粉是要自己去端的。」

汗！我就說那些密密麻麻的人站在鍋子前頭幹嘛，還以為她們擠著舒服呢，搞了半天原來是要自己去搶！

好不容易又花了半個小時搶了兩個中碗回來，我抹抹汗，又搶了兩個位置。呼，呼，居然比抓銀行搶匪還累，天，差點丟了我的老命。

不過心裡還是喜孜孜的，畢竟買到了。掏出電話，一看時間居然已經十一點三十五了，就為了買兩碗火鍋粉，竟然要浪費一個小時，這、這究竟是什麼世道！

她一定會覺得驚喜吧。

一定會很驚喜！很驚喜！

我甜滋滋地想著，一邊撥電話給她。

那通電話不過三十秒，但卻讓我覺得彷彿經過了整整一個世紀……

不慍不火的聲音，冰冷的語氣。

讓我還算不錯的心情降到了冰點，彷彿墮入了地獄深處。

我隨手關了電話，嘴角咧出笑容，苦笑。

然後呆呆地望著眼前的兩碗火鍋粉出神。

就這樣不知過了多久。

很久吧。

很久很久吧……

有人從我身旁走過，熙熙攘攘的。有人在問我，旁邊有沒有人，我抬起頭，瞪了對方一眼。

然後又過了很久。

許久。

一個人走到了我身邊，敲了敲我的桌子。

「夜峰！」她的聲音有點激動。

熟人？我又抬頭，只見一個嬌小的女孩笑笑地看著我，短髮，圓圓的臉，不認識。

於是我低下頭，繼續對著火鍋粉發呆。

「好久不見了，你還記不記得我？」她坐到我身邊嘮嘮叨叨。

這人怎麼這麼不會察言觀色啊，沒見到我正心情不好嗎？

皺了皺眉頭，我問：「火鍋粉買了嗎？」

「還在等。」她一臉笑意。

「那吃火鍋粉嗎？」我把兩碗都推了過去，「我很少請人吃火鍋粉的。」

她明顯愣了愣，不過還是接受了，「那好，就不客氣了。對了，你還記不記得我是誰？」

「好吃吧，我很少請人吃火鍋粉的。」我沒聽她在說什麼，自顧自的繼續發呆。

「這家最好吃了。你也喜歡吃？」

「不喜歡，不過，我很少請人吃火鍋粉的。」

「那你來幹嘛？」

「吃火鍋粉啊，好吃吧，我很少請人吃火鍋粉的。」

「喂，你究竟還記不記得我？」

「我很少請人吃火鍋粉的。」

「我是……」

「我很少請人吃火鍋粉的。」

「算了……」

「……」

等我發愣得差不多以後，那個女孩已經不在了，桌子上兩個中碗也被吃光了。丟臉，今天一定會被人當成神經病的。我搖搖頭，深呼吸了幾下，拔掉手機電池，然後站起身走人。

只是，自己到現在也沒能想起那個女孩是誰。

慢悠悠地走回家，已經接近十二點半了。

突然我又笑了起來。自己從什麼時候開始變得這麼小孩子氣，還學會一生氣就關機的？

將電話開機，嘴角依然帶著苦笑，但不管怎樣，生活還是得繼續下去。於是我再次掏出電話，翻了翻手機聯絡人，想找個人出來喝點小酒，發洩發洩。

翻了好久，突然發覺，自己的朋友雖然多，卻沒有能約出來的。手下？別傻了，向那些大老粗訴苦，絕對會被嘲笑死。

我的苦笑越發的濃烈，側頭想了想，最後撥了表弟夜不語的號碼。

雖然那個表弟尖酸刻薄、又小氣又愛佔便宜，還非常的臭屁，但嘲笑歸嘲笑，至少嘴巴很緊，不會亂說話。

「表哥，怎麼了？」小夜很快就趕了過來，順便提了一打啤酒。

「你嫂子，你嫂子，她……」我突然不知道該怎麼訴苦比較適當。

「不會吧，難道嫂子有紅杏出牆的打算？」夜不語那死小子滿臉造作的驚訝。

「不是，不是！」我連忙搖頭。

他瞇著眼睛，使勁打量我的臉，「那，難道嫂子終於決定拋棄你這個完全不懂風情的榆木疙瘩了？」

「怎麼可能。」我支支吾吾的小聲說道，「就是，今天莫名其妙地跟我鬧脾氣。」再次撓了撓頭，「說實話，我都不知道該怎麼辦才好，上班的心情都沒了。」

「嘿，你說嫂子她是莫名其妙生氣的，這『莫名其妙』的成語用得十分貼切，也很有意思。表哥，恐怕這就是問題了。很大很大的問題。」那死小子眼睛瞇得更小了，一副非常感興趣的嘴臉。

「表哥，你要知道，原本，愛的感覺，總是在一開始的時候覺得很甜蜜。總覺得多一個人陪、多一個人幫你分擔，終於可以不再孤單了。至少有一個人想著自己、戀著自己，不論做什麼事情，只要能在一起，就是最好的。

「但是慢慢地，隨著彼此的認識越深，兩個人開始發現了對方的缺點，於是問題一個接著一個發生，有的人開始覺得煩、累，甚至想要逃避。」

他用很不正經的表情說著非常正經的話，令我十分的不適應。但又覺得這死小子的話確實經典得不像人話。

表弟咳嗽了一聲，「作為你的表弟，有時候真的自己都覺得丟人，居然能有這種極品無趣又無聊，而且非常不解風情的表哥，實在太極品了。不過，誰讓我是你表弟呢，這次就給你上一堂感情課，大家都是親戚，不客氣，不收你錢。」

他開心地將我按在沙發上，用不知道從哪裡翻出來的教鞭抽了抽桌子，「聽清楚了，有人說愛情就像在撿石頭，總想撿到一個適合自己的。但是誰又如何知道什麼時候能夠撿到呢？

「她適合你，那你又適合她嗎？就我偉大的夜不語看來。其實，愛情更像磨石子一樣。

「或許剛撿到的時候，自己對對方並不是那麼滿意，但人是有彈性的，很多事情是可以改變的，只要有心，有毅力，與其到處去撿未知的石頭，還不如好好地將自己已經擁有的石頭磨亮，不是嗎？」

「但你嫂子，你會不會覺得她最近對我的感情變淡了？最近她越來越懶，就連我的襪子都不洗了。」我害羞的不恥下問。

夜不語那死小子又用鞭子抽了抽桌面，「屁話，很多人以為是因為感情淡了，所以人才會變得懶惰。其實是人先被惰性征服，所以感情才會變淡的。愛不僅要懂得寬容，更要及時，很多事可能只在於自己心境的轉變罷了！

「如果不及時，就算有個人愛上你，而你也覺得她不錯，那也並不代表你會選擇她，也不代表她會選擇你。你不覺得嗎？我們總說：『我要找一個自己很愛很愛的人，才談戀愛。』

「但是當對方問你，怎樣才算是很愛很愛的時候，你該如何回答？恐怕無法回答吧！因為你自己也不知道。沒錯，我們總是以為，會找到一個自己很愛很愛的人。可是，當我們猛然回首，才會發覺自己曾經多麼天真。

「假如從來沒有開始，你怎麼知道自己會不會很愛很愛那個人呢？其實，很愛很愛的感覺，是要在一起經歷了許多事情之後才會發現的。我的表哥，你把嫂子稍微放開一點，或許會更好吧！」

放開一點？需要放開一點嗎？我遲疑了一下，又苦笑起來。

「小夜，要吃什麼？」我站起身活動了下筋骨。

「隨便。」那死小子說得痛快淋漓，而且明顯還意猶未盡。

我偏過頭去想了想，眉頭稍微有些皺起，接著走進廚房，從冰箱後邊拿出放在暗格中的警槍，然後右手拿出一罐柳橙汁走了出去。

「請你的，就當是謝禮。」我將柳橙汁遞給他，他很順手地打開，喝了一大口，想來口很渴了。

我冷笑了一聲，緩緩地舉起槍，對準他，「請問，你是誰？」長得和夜不語一模一樣的男子臉上浮現出一絲惱怒，「表哥，你究竟在幹什麼！我是你表弟，有拿槍指著表弟腦袋的混蛋嗎？」

「混蛋是嗎？嘿，你是誰我不知道，但絕對不是我的混蛋表弟。那傢伙基本上不會叫我表哥叫得那麼順口，也從來不喝柳橙汁，而且，他根本就不可能說出那麼感性的話。」

我皺著眉頭，「給我仔細說說，你把我表弟怎樣了？不，不對，我不久前明明還在警局裡。那裡的人全都是你殺的吧？」

我的語氣不由得憤怒了起來，「雖然不知道你究竟是怎麼做到的，也不知道你怎麼讓我看到一個又一個的幻覺，甚至還能操控我的情緒。不過，現在我已經逮住你了！」

長得像夜不語的人詫異了幾秒，臉上浮現出一種吊兒郎當的笑容，「逮住我了？你確定？哈哈，我看沒有真正看清楚形勢的是你才對。不過，你這傢伙倒是有個木頭腦袋，不管怎麼都沒辦法把我要的東西敲出來。哼，本來還想慢慢來的，哎呀，露餡了，露餡了。」

他整個人像水紋一般波動起來，猛地在視網膜上消失得無影無蹤。不久後，我感覺到一陣暈眩，腦袋彷彿越來越沉重。

然後，倒楣地再次暈了過去……

※　※　※

DATE：五月二十七日凌晨五點半

樓上剛傳來尖叫，我和楊俊飛就反射性地從沙發上彈起來，飛快地衝向二樓去。衝到一半，我猛地攔住了楊俊飛，鎮定地說道：「老男人，你回樓下去守著東西，我一個人上樓看看。」

楊俊飛看著我，最後點點頭，「小心點。」

我笑了笑，掏出晚上他硬塞給我的手槍，「放心，有這個。」

說著就朝上躡手躡腳小心翼翼地走去。

來到浴室門前，我悄悄地貼著門板聽了一下。沒什麼動靜，孫曉雪叫了幾聲後就沒聲響了，難道真的出了什麼事？

我皺著眉頭，用力一腳向門踢去。門居然沒關，只聽「啪」的一聲，踹開的門像是撞到了什麼東西，然後就聽到一聲清晰的女性呻吟。

這聲音像是孫曉雪在「哎喲哎喲」的叫痛。難道，她受傷了？果然有問題。

我用右手緩緩將門推開，神經高度緊張地注意著裡邊的動靜。只見孫曉雪穿著浴袍躺在地上，手捂著頭一直在呻吟，對面的窗戶被打出了一個洞，玻璃碴散落在浴缸中和地面。明顯是有人從外邊扔了什麼東西進來。

想來她尖叫的原因也不過是這件小事情吧。

我吁了一口氣，說不緊張是騙人的，畢竟手上雖然拿著槍，但要我真的開槍殺人，還是需要一些心理準備。

不過，平安沒事就好。

我蹲下身子打量了孫曉雪一下，雖然看得出她是個大美人，但沒想到身材居然會這麼好。她一直用手捂著額頭，應該是被剛才從外邊扔進來的東西打到了。

「痛嗎？要不要拿冰塊敷一下？對了，有沒有見到是誰扔的？傷得嚴不嚴重？」我好心地向她伸出手。

孫曉雪非常不識趣地狠狠朝我手打過來，痛得我差些跳腳。

「扔你個頭，那東西扔過來不過是嚇了我一大跳。你個臭小子，一進來就直接踹門。踹就踹吧，幹嘛偏偏要在我準備開門出去的時候踹？痛死我了。臭小子！臭小子！」她一邊說一邊又抓住我的手，看架勢是準備狠狠咬上一口。

我連忙抽手，開玩笑，這樣被她咬下去，我的手也差不多廢掉了。

「當心浴袍，要掉了！要掉了！」我大喊著撒腿就躲開。

說實話，躲一位全身就剩下半掩半蓋浴袍的香豔大美女還真不是滋味。繞著整間浴室躲了好一陣子，本以為她的氣焰也差不多散了，沒想到一不小心，右腳用力踩在了某個圓圓的物體上。一個踉蹌就那麼硬生生地摔倒在地上。真是有夠倒楣，差點沒把我痛死，還好那位置沒有玻璃碴，不然真的會去掉半條命。

孫曉雪愣了愣，然後指著我狼狽尷尬的樣子，毫無淑女形象地大笑起來。

我惱怒地掙扎著爬起身，向罪魁禍首摸去，居然是一顆標準的綠色撞球，球上包著一層紙，看來這就是剛剛從外邊扔進來的。怪了，難道是誰想傳遞什麼訊息給我？皺了皺眉頭，我將紙攤開，上邊只有一行用電腦打出來的文字——今天凌晨六點開電視，地方二台。

我的臉頓時沉了下來。默不作聲地走下樓，將那張紙遞給楊俊飛。他看了一眼，也皺緊了眉頭。

孫曉雪似乎也察覺到了什麼，穿好衣服後默默地坐在沙發上。

現在時刻是凌晨五點三十五分，還有二十五分鐘。

四周的氣氛因沒人願意說話而變得十分壓抑，我們三個人六隻眼睛毫無意義地對視，安靜地等待著時間流逝。

過了許久，我才打破沉默，「地方二台是二十四小時新聞台。一般來說，城裡的地方性新聞，比如車禍、民事糾紛等等都會第一時間播出，重大事件甚至不會超過一個小時。你們認為，那個扔東西的人究竟想向我們傳達什麼訊息？」

「這個就很多了，非常值得探討。」楊俊飛黑著臉道，「不過，應該會和今晚的事情有關。」

「你是說，警局？」我稍微有點詫異，「不太可能。就算現在警局發現證物室有東西失竊了，也會在內部開始進行調查和處理，絕對不會讓媒體知道。被人偷進老窩裡，你以為是件光宗耀祖的事啊？」

「你們不會真的跑進警察局裡偷東西去了吧！」孫曉雪聽出端倪，滿臉的驚訝，「老天，真夠膽大包天的。東西有沒有到手？」

我們來不及理她，兩顆大腦飛快思忖著。

「老男人，警局裡的監視系統你確定已經廢掉了？我記得它們的電源和警局內使用的電源是不同的系統，我們千萬不能留下什麼把柄！」我用手指不斷敲著大腿。

楊俊飛看了我一眼，「你自己也看到了，配電室裡的線路被攪得一團糟，就算有多少個配電系統都早完蛋了。而且我隨身帶的反偷拍偵測也沒有反應，這點絕對不會出紕漏。」

他略微想了想，「不過警局的狀況實在不太正常，你覺得會不會是那批人幹的好事？」

「你是說我們碰到的那幾個同行？」我眼睛一亮，「很有可能。不過我有些懷疑，趙宇這個人我們調查過，也聽孫曉雪大略講過，老感覺他應該算是個安分守己的老實人，這樣的人就是壞起來也有限度。而且，他真的有能力策劃這起搶劫案嗎？傷腦筋。」

「老實人幹大事，你不覺得嗎？」楊俊飛看著我，又看了看一聽到趙宇的名字就恨得咬牙切齒的孫曉雪。

「你自己想想，發生了殺人案時，鄰居是怎麼評價那些兇手的？他們不是說：那個人平常老老實實的，看不出來會去殺人。就是說：哇，不會吧，他哪有膽子殺人，他連雞都不敢宰。還有的說：他對所有人都和和氣氣的，老好人一個，在附近的人緣很好。

「你認為那些殺人犯的鄰居會相信他們將要殺人嗎？不會的！但是他們又確確實實殺了人，而且殺的還不止一個。」

楊俊飛喝了一口紅酒，「這些東西我這麼多年早就看膩了，不要相信一個人外表所傳遞的訊息，狗被逼急了也會咬人的。」

他大有深意地又看向孫曉雪，「喂，妳不是一直都不明白，趙宇為什麼要殺自己最好的朋友嗎？世上的事情只要發生了，就一定有原因。說不定原因妳自己也稍微猜到了。」

孫曉雪滿是憎恨的臉頓時變得慘白。

見她始終沒有吭聲，楊俊飛搖了搖手中的高腳杯，淡淡道：「萬事萬物，歸結起來，也不過開始於一個點而已。如果妳不願想清楚的話，我就幫妳理一理頭緒。

「妳不覺得很奇怪嗎？為什麼所有人裡，最後只剩妳還活得好好的？為什麼趙宇抓到妳之後，妳能僥倖地活下來，還順利跑了回來？」

孫曉雪終於說話了：「我剛才想了想，才想出了理由。」

她拿起那張紙看了看，沉著臉道：「他留我一條命，肯定是察覺有別的人在查青銅人頭像的事情。他想順藤摸瓜，跟著我找到我們的老窩，很遺憾，他得逞了。」

「不光是這樣吧。」楊俊飛的語氣淡得令人想要抓狂，「這只是他的目的之一，或許他根本就是刻意引導妳往這個方向想，用以掩蓋他真正的目的。」

「他根本就只有這個目的。」孫曉雪的語氣強硬起來，像是在拚命掙脫開其他的想法。

「其實，他想掩蓋的東西，非常簡單。」他的聲音也大了起來，「他想掩飾他不想殺妳，所以一而再，再而三的故意給出不殺妳的理由。妳能夠活到現在，全都是因為他對妳網開一面，妳難道還想否認這一點嗎？」

我默默地看著這場對答，心中也有了自己的猜測。

果然薑還是老的辣，原來還有那一層目的在，這不就意味著，趙宇殺掉孫敖完全是因為孫曉雪，也就意味著，是孫曉雪間接害死了自己最愛的男人！這一點，想來孫曉雪自己也稍微感覺到了，可她至今無法接受。

也是，這種事放到任何人身上，恐怕也只會選擇逃避吧，不過老男人究竟想要幹什麼？他不斷逼著孫曉雪面對這個事實，究竟有什麼目的？他不是個閒著沒事幹的人，他一定已經猜到了一些我還沒有想到的東西。

就在這種各自懷有心事的情況下，五月二十七日凌晨六點，終於來臨了。

第三章 DATE：五月二十七日凌晨六點　談判

「這裡是二十四小時新聞播報，您好，我是曉彤。我現在所處的位置是本市東門楊柳大道的警察總局。

「大家可以看到，這裡不知什麼原因斷電了。現在警務人員已經在總局周圍拉起了警戒線，而且不斷有趕來的軍隊將四周全面嚴密地包圍起來，還運來了大量的緊急照明燈並已點亮了。

「或許大家會奇怪，總局為什麼有這麼大的行動？據記者剛才的瞭解，這要從三個半小時以前說起。

「今晚凌晨兩點半左右，有位先生因為一些他不願意透露的原因前往警察總局辦事，沒想到居然看到總局一片漆黑。這是從來沒遇過的事情。

「警局門前的警衛室裡也沒有人留守，他說感覺有點不踏實，也不怕黑燈瞎火，磕磕碰碰地走進了事務大廳，沒想到大廳裡也黑漆漆的，不但沒有任何聲響，就連停電時會開啟的緊急照明燈也沒有亮。

「他向前又走了幾步，腳底下猛地碰到了一個軟綿綿的物體。他小心翼翼地蹲下身體摸了摸，居然是一具女屍。那位先生嚇得連忙跑出來，然後就撥打了本台和警局電話。等我們趕來時，就已經是現在的情況了。

「大家請看，總警局目前的情況十分古怪，人員調動也越來越快，而且還不斷有軍隊和醫院的車開進來。剛才曉彤也採訪過幾位省警局以及軍隊的人員，但他們都表示對此事暫時不予回答。

「大家看到沒有，剛才已經有醫護人員將幾具屍體抬上了救護車，由此可見，警局裡是否有人死亡的疑問已經得到了確認。不過究竟死了多少人，死掉的人是誰，由於無法進入採訪，我們也無從得知。只能等待進一步的消息。

「這個事件有許多疑點。究竟是誰，是什麼組織，是什麼勢力，居然敢在警局殺人？這起案件我們二十四小時新聞台將持續為您報導。」

我面色鐵青地坐在沙發上，耐著性子好不容易才將新聞看完，指甲掐得差點沒陷進肉裡。

楊俊飛好一會兒才緩緩道：「難怪我們會覺得那警局很古怪，沒想到他們不但正大光明地進去偷了東西，還有膽子殺人，就是不知道殺了多少人。」

「應該不太少，否則我們進去沒那麼輕鬆。」我哼了一聲。

「也對，要讓一個地方那麼安靜，再怎麼少也有限。而且報警的還是外人，被發現後連軍隊都被驚動了，難道……」

楊俊飛和我對視一眼，饒是他這個看慣了死亡和殺戮，心智無比堅強的人也驚訝地吞了一口唾沫，艱難地道：「難道，他們將警局裡的所有人都殺光了？」

「不好！」我猛地跳了起來，「我表哥夜峰還在警局裡，難道他、他……不可能，那傢伙命大，每次算命，算命師父都說他命比蟑螂的……」

我慌亂地掏出手機，一邊安慰自己，一邊飛快地撥打他的號碼。

電話無法接通。

那一剎那，我險些癱倒在地。原本失去了謝雨瀅的蹤跡，我的心緒已經很脆弱很不平靜了，再加上脖子上古怪的痕跡，對表哥的擔心，一股腦地竄入心裡，再好的心理承受能力都沒辦法再堅持下去。

毫無理智的，我掏出手槍，取出子彈數了數，又一顆一顆地塞回去。然後起身，臉上毫無表情地就朝關著李睿的房間走去。

「臭小子，你想幹嘛！你瘋了！」楊俊飛瞬間明白了我的打算，伸出手攔在我身前。

「老男人，滾開。」我語氣淡得沒有一絲感情。

「臭小子，你給我冷靜點。那個王八蛋死人渣雖然死了也沒什麼壞處，但你殺了他也沒用，而且還把我們和那夥人的唯一聯繫掐斷了。」

他頓了頓，「況且，也沒有任何線索表明你表哥已經遇害了。不然，那些人為什麼會特意要我們看這則新聞？他們恐怕是想拿什麼東西當作籌碼和我們談條件。」

「滾開，我不要想那麼多，我只想找個人發洩，我要殺了那王八蛋！」我的心裡其實很清楚楊俊飛的猜測，自己也猜測到了，但是理智一旦崩潰，就很難撿起來。心底老是有一個聲音在蠱惑著自己，似乎只有殺人才能發洩自己煩躁不安的情緒。

孫曉雪看了看我們，什麼話也不說，只是走上前來，悶不作聲地狠狠搧了我一耳光。

那一聲脆響迴盪在四周，三個人都呆滯了片刻。

我發了一陣呆，感覺臉很痛，突然清醒了過來，傻傻地望著手上的槍，苦笑。

剛才，自己似乎真的被什麼東西蠱惑，引導了心緒，難道，是因為接觸過青銅人頭像的緣故？還是脖子上的那些怪異痕跡？

就在這個大家都各自發愣的時候，我放在桌上的手機猛地響了起來。

「果然來了。」我們三人對視了一眼，我走過去，拿起手機，號碼是表哥的，接起來，並沒有先開口說話。

「喂，我是夜不語。」

不過，見對方並沒有說話的打算，我緩緩地試探起來，「現在拿著那支手機的人，應該不是我的表哥夜峰吧。你究竟是誰？」

對方依然沒有開口。

我冷冷地笑了起來，「好吧，我們大家都不要打啞謎了。你是誰其實我很清楚，就像你清楚我一樣，對吧，趙宇先生！」

「很好。大家都是聰明人，這樣省事多了。」

電話那頭終於響起了一個沙啞的聲音，由於一接起電話，我就開了擴音，周圍的人都能聽到他的話語。

我下意識地向孫曉雪望了望，只見她臉色陰沉，心底立刻確定了對方就是趙宇無疑。

「剛才我還在考慮該怎麼向你解釋自己的身分。嘿，有趣。」趙宇緩緩地說道，「不過既然你這麼聰明，想必應該明白我的目的了吧？」

「你想交易？那麼，夜峰應該在你手上才對。」我試探道。

「沒錯，他很有骨氣，從他嘴裡什麼都探不到。」

我一陣狂喜，果然那傢伙命硬得比蟑螂還強悍。

「我的手裡有李睿，而你手裡有夜峰。那我謹慎一點，加重籌碼，我用李睿和手裡所有的人頭像和你交換夜峰。」

那頭的趙宇突然哈哈大笑起來，笑了好久才慢吞吞地說：「夜不語小老弟，你可能誤解了我的意思，我根本就不在乎李睿的小命，李睿自己恐怕也不太在乎。

「嘿，要知道，這個世界上的事情是沒有什麼絕對的。就如同世上的發明家和發現者是不少生意失敗的罪魁禍首一樣。假若我的行當只是有一點點瑕疵而已，那相對來說可能算不了什麼，只是需要把損壞的那部分換掉就行了。

「但是，當我把一切準備就緒，一切都計畫得好好的時候，卻有人發明了一道新的程式或者發現了一種新的廉價原料，這些新事物無疑成了威脅我產品的惡魔。

「什麼糟糕的事都可能發生，因此有時候必須得阻止這種新事物的出現，甚至可以採取法律的手段。不過如果連法律都無法幫自己，甚至根本就不能運用法律的時候，我能怎麼樣？那就只有另想辦法了！」

我的臉色陰晴不定，開始明白他那麼長的隱喻代表什麼意思了。

趙宇繼續說道：「你我都十分清楚，如果出現了一個比自己更接近目的的人或物件，並非只是兩者競爭這麼簡單，其造成的影響遠遠不止於此。它造成的後果甚至有可能對我造成致命的威脅，在這種情況下，你一定會覺得我的條件似乎也十分合理。」

世界上居然會有這種人，還沒開始談條件，就已經在為自己的合理性做出鋪陳。不過自己有痛腳在他手上，想反駁都不行。

「要知道，我不但是學民俗的，還在大學時選修過經濟，你那麼聰明，現在應該知道我想表達的意思了吧。

「對付這麼一個棘手的問題通常只有兩個方法，一是防患於未然，或者讓這種麻煩事盡可能遲一點出現，直到在目前設備上所投入的資金已全部收回，當然嘍，這種方法是最穩妥的，但很可惜，我一向都是個急功近利的笨蛋。」

他笑了笑，沒有再說下去。

我已經徹底明白了他的意思，和楊俊飛對視一眼，顯然，那傢伙也懂了，微微向我點點頭。

我哼了一聲，「沒錯，這種途徑這次根本行不通，因為我顯然不是個容易玩弄的對象。那就只有第二個方法了。」

我也頓了頓，一字一句，緩緩道：「那就是趕在這些麻煩還沒出現之前就先行活動。或者，將麻煩的東西兼併甚至採取合作形式，我說得對嗎，趙宇先生？」

趙宇顯然笑得更燦爛了，「沒錯，果然和聰明人說話就是輕鬆。不知三位意下如何？」

「這個建議很好，我同意。」完全不理會憤怒得快要瘋掉的孫曉雪，我果斷答應了。

「非常好，夜不語先生非常的豪爽，我十分開心，希望我們合作愉快。」趙宇的語氣十分平淡，顯然沒有那種十分高興的字面情緒，「為了表達我的誠意，我會在三個小時後放了夜峰先生。不過您的誠意我也希望能夠看到。」

「哦，你還有什麼要求？」我皺了皺眉頭。

「魚鳧王的黃金杖不知道您清不清楚？」

「那根魚鳧王將三權齊具於一身的黃金杖？現保存在三星堆博物館裡的那一根？」我問道，雖然語氣極為平靜，但心裡已經鬧翻了天。

沒想到居然又和黃金杖扯上了關係，怎麼感覺事情在回歸原點！楊俊飛亦陷入了沉思中，顯然心裡也不平靜。

「沒錯，就是那根，希望你們能將它偷出來。我們三天後在黃憲村會合，一同去尋找寶藏。」

我的語氣稍微有了點起伏，「為什麼你們不自己偷？雖然不知道你們有什麼特殊手段，但是你們自己動手比較保險才對。」

「保險不是絕對的，雖然我們確實因為某些原因獲得了一些人類不應該有的能力，不過現在實在不好出面。

「警局的相關報導你也看了，相信上頭的人已經產生了懷疑，我們很難再有機會下手。況且，你們也不用妄自菲薄，兩位實在太謙虛了，警局的事情我在暗處看得很清楚，這些偷雞摸狗的高雅事情，你們恐怕比我們處理得更好。」

靠！本以為做得天衣無縫，沒想到居然在暗處有雙眼睛把我們看得一清二楚，希望他的興趣不會那麼惡劣，看得高興了還順便拿東西拍下來留作紀念，不然逮在他手裡的把柄就又多了一個。

但仔細想想也不太可能，如果真的有攝影機或照相機跟著我們，不管他藏得有多好，我和楊俊飛早就將待在暗地裡的人抓出來了。

畢竟楊俊飛那麼多年的反跟蹤經驗以及設備擺在那裡，這一點上還是很有保障的。

「我答應。」我略一思忖後同意了。

「好，交易成功，我也差不多該功成身退了。」趙宇的聲音稍微輕快了一點。

「等等！」我想了想，問出了一個在別人看來又傻又多此一舉的問題，「最後一個問題，你為什麼決定相信我們？」

那邊的趙宇沉默了一下，緩緩道：「當然不是因為你值得相信。夜不語先生，我稍微調查過你的事蹟。說起來，你也算名人了，經常遇到常人一輩子都沒有機會遇到的怪異事情，為人聰明，反應和邏輯能力都強，只是性格稍微有點慘不忍睹。

「這樣的你，基本上對不相干的人許下的承諾，於你而言，不過只是放了個不太臭的屁而已。

「但是，你好奇心夠強！只要有這一點就夠了，相信黃憲村寶藏的秘密，不光是我一個人迫切地想知道。只需要這一點，我就足以相信，我們能夠合作得非常愉快！」說完後他便掛斷了電話。

言下之意，他應該還有一點保留，刻意沒有說出來，那就是我們都受到了青銅人頭像的詛咒，或許也沒幾天的命了。

我啞口無言，許久才對孫曉雪和楊俊飛說道：「這傢伙以前真的只是個普通的死大學生嗎？」

「這點我不知道，不過他倒是費了好一陣工夫來調查你，而且完全摸透了你的性格。」楊俊飛聳了聳肩膀，「臭小子，你認為他們想拿黃金杖幹嘛？」

「只有一個可能！」我為自己倒了一杯紅酒，重重地坐在沙發上，「鑰匙！既然我們已經推斷出黃憲村的寶藏有可能是末代魚鳧王的墳墓，那三權一體的黃金杖就肯定會有一個很重要的身分。現在我能想像出來的，就只有鑰匙這個功能了。」

楊俊飛皺起眉頭，「我贊成。但不知為什麼老是有種不太爽的感覺。對了，還記得我為什麼回國嗎？」

「當然。」我喝了一大口酒緩緩道，「你受一個神秘人的委託，到三星堆博物館去偷魚鳧王的黃金杖。沒想到結果正事沒幹，就心甘情願地被扯進我的事情裡來了。」

「不對，或許這根本就是一件事，我有個猜測。」楊俊飛整理著腦中剛分析出來的東西。

「那個神秘人為什麼要黃金杖，而且還肯出三千萬美元的高價？那根黃金杖在一般人看來，根本就是毫無價值，就算拿到了也沒有辦法脫手的東西，畢竟那玩意兒實在太出名了。要賣也只能熔成金子，但那一丁點金子值三千萬美元嗎？」

「不過現在，那根黃金杖卻有可能是一把能夠打開一個龐大寶藏的鑰匙。這雖然還只是猜測，但想來也和事實差不了太多了。只是顯然，全世界也只有寥寥幾人清楚。」

我明白了他話裡想表達的意思。

「沒錯，全世界只有寥寥幾人知道。但說不定，那寥寥幾人中就包括了他！」楊俊飛冷笑了一聲，「他一定早就知道寶藏的秘密了，說不定趙宇手上的藏寶圖，就是那位神秘人給的。」

我內心其實也有這個疑惑，「這個推論我贊成。畢竟趙宇這個人我們都調查過，大四之前的二十二年完全是個沒有問題的平凡人，平淡無奇，沒有絲毫特點。他的一切都是圍繞著藏寶圖開始改變的。

「藏寶圖出現後，他蠱惑自己的朋友去尋寶，然後又利用青銅人頭像上神秘的力量，將和自己一起尋寶的朋友統統害死。

「那張藏寶圖絕對不可能憑空出現，那種在什麼舊書裡發現的鬼話，也只是騙騙小孩子而已。說不定連死去的孫敖都沒有信過，否則不會暗中留下那麼多線索。但如果真是那個委託你的人給他的，又有什麼目的？」

楊俊飛點頭，突然像是想起了什麼，猛地抬頭望著我。頓時，我也想到了那種可能，渾身一顫，咬牙切齒地冷笑了起來。

那個人，如果所有猜測都成立的話，也只有那個人會幹這種無聊的事情了。哼，那個傢伙利用了我們一次還嫌不夠，看來，這次要好好送他個教訓，讓他終身難忘！

我和楊俊飛沉默了一會兒，兩人都聰明的沒有再涉及這個話題。

「那根黃金杖，偷一定是要偷的。臭小子，明天我們去踩點！」許久，楊俊飛才打破屋裡的寂靜。

我點點頭，看了一眼坐在角落裡的孫曉雪。

她一聲不吭，不知道是在惱怒我毫不顧慮她的感受，就武斷地答應和趙宇合作的行為，還是在籌劃怎麼在合作時從趙宇後邊捅上一刀。

不過，我們似乎越來越接近真相了……

然而雨瀅，到底又失蹤到哪裡去了呢？

第四章 DATE：五月二十七日早晨十點整 驚變

記得在不久前，看了一本雜誌，內容是關於西方某名報做了一項調查，向社會徵集「誰是世界上最幸福的人的答案」。

最後，按照投票數的多寡和權威們的表決，報社發表了「誰是這個世界上最幸福的人」的最終答案，順序是這樣的：

一、剛為孩子洗完澡，懷抱嬰兒面帶微笑的母親。

二、成功完成手術，目送病人出院的醫生。

三、在沙灘上築起了一座沙堡的頑童。

備選的答案是：寫完了小說最後一個字的作家。

消息入眼，一名讀者，也是一位醫生，第一個反應就像在喉嚨倒進了辣椒油，嗆而痛。梳理思緒，才明白自己是一個幸福盲！

為什麼呢？她說：答案中的四種情況，在某種意義上，她都擁有了。

她是一個母親，為嬰兒洗澡是每日的必修。

她是一位專業醫師，刀起刀落，挽救了許多病人，也目送許多病人出院。

兒時，她雖然沒有在海灘上築過沙堡，但在附近建築工地的沙堆上，堆過幾座兒時的夢幻皇宮。

至於寫小說，雖未曾嘗試，但在學術界，發表不少成功且轟動的論文。因此，「作家完成最後一字」之瞬間，她也算勉強體驗過。

四幸集一身，她是何等的幸運，何等的光榮！可惜，她一直未曾感到幸福，還覺得自己的生活十分黯淡無味。後來，她真的困惑了，見到一位知名作家時，她談到自己長久以來的困惑，「關於幸福的定義是什麼？」

名作家說：哲人說過，生活中缺少的不是幸福，而是發現幸福的眼光。幸福盲如同色盲，把絢麗的世界化作了模糊的黑白照。

從我們自己的親身經歷，我們更加有理由相信，幸福感不是某種外在的標籤，或是技術手段可以達到的狀態，而是一種內在的把握和永恆的感知。

夜峰劫後餘生後究竟是不是幸福，那就很耐人尋味了。

畢竟他來到別墅時，差不多早晨十點，那個時間我們一夥人正在補眠，說起來偷雞摸狗也需要充沛的精力，何況昨晚已經光顧過一家政府產業，下午要養足精力去踩點。今晚或者明晚就要準備光顧另外一家政府產業了。

孫曉雪在一個小時前出門了，據說要做半年一次的例行身體檢查。

女生果然是一種莫名其妙的生物，現在的形勢如此複雜，她的男友死了、老爸不見了、自己也不知道是否有被詛咒，命還剩多久？這樣滿負血海深仇的狀況下，居然還有心情去搞什麼身體檢查？

夜峰似乎沒有耐心按門鈴，而是粗魯的一腳將別墅大門踢開，嚇得我和楊俊飛差點從各自的床上滾下來。

還好是和衣而睡，我和他同時跳下床，抄起兇器就朝樓下跑，還以為有什麼不長眼的強盜、流氓等一介鼠輩上門找碴。

然後就看到我親愛的表哥衣衫襤褸，無精打采地坐在客廳舒適整潔的沙發上。他右手提著一瓶我老爸，也就是他大伯父珍藏的極品白酒，仰著脖子就像不要錢的白開水般喝得那個痛快。

他見我們衣衫不整地跑出來，臉上卻絲毫沒有笑意，目光只是在楊俊飛的臉上繞了繞，然後冷冷地說道：「小夜，究竟發生了什麼事，你應該非常清楚吧。能不能簡單地提點我兩句？」

「您太客氣了。」我謙卑地坐在對面的沙發上。

這傢伙明顯心情不好，我又不笨，犯不著沒事招惹他，何況有些事情，如果能打哈哈就過去，最好還是哈過去為上。

夜峰根本就不吃我這套，他又喝了一大口酒，接著突然大笑了起來，笑得我的牙都酸了。

「靠！我知道你很清楚整件事的始末，不要耍花槍，全告訴我。哼，他們居然殺了所有人，如果不是發現我和你有關係，稍微有點利用價值，我現在恐怕也變成了一具屍體。老子不把他們全部抓住，我就不姓夜！」

嘆了口氣，雖然一直以來都不希望有太多人跟這件事牽扯上，但表哥已經知道了，也身不由己地參與進來。或許，真的應該稍微開誠布公一點。暗中看了看楊俊飛，只見他微微點頭，心裡的想法八成也和我差不多。

「好吧，我把一切都告訴你。這要從不久前說起……」

我緩緩將最近發生的事都講了一遍，就連謝雨瀅的失蹤，還有青銅人頭像的秘密，甚至連怎麼發現孫曉雪老爸的屍體，又是如何處理的，統統都告訴他。

聽完後，他久久沒有言語，只是瞪大雙眼難以置信地望著我和楊俊飛，許久，才一巴掌想搧過來，但手剛伸了一半就軟軟地癱了下去。

「盜竊、藏匿屍體，你們兩個膽大妄為的傢伙。」他冷笑，「你們好像絲毫沒把法律放在眼裡，都不怕坐牢嗎？你，特別是你！」

表哥指著我罵道：「那個姓楊的是加拿大籍，就算做了什麼殺人放火偷雞摸狗的天大事情，也只會引渡回加拿大審判，他的關係好，有門路接觸高層，最後肯定不會有什麼事，但你呢！你在這裡算個屁，就有點小聰明，你找死啊！」

他越說越氣，深呼吸了好幾次，這才緩下來，不忍心地放低了聲音，「小夜，要知道，權力、能力和過度的自信都是很可怕的東西。駕馭得好，似乎一切都能成功，都能水到渠成，彷彿很多東西都是理所當然的。

「但是習慣了就糟糕了，因為那些玩意兒一旦駕馭不好，就容易重重地摔倒，摔得自己一輩子都沒有辦法站起來。」

我有些不以為然地坐在沙發上出神。

「這些道理吃過一次虧你就明白了。希望那個虧不要大得毀掉你自己的一輩子。」夜峰無可奈何地嘆了口氣，「總之，這次的事情就當我什麼都沒有聽到。剛才我也根本就沒有來過！」

畢竟是自己的表弟，夜峰雖然正直，但正直並不代表不懂變通。兩相比較，他選擇了親情。

「我就只幫你這一次。下次再讓我知道，我直接送你進警局！」夜峰有些無力地又道，「總之，你絕對不能再犯錯。居然還想進三星堆博物館偷竊，你要知道，偷竊國家一級文物，根據《刑法》，至少判處十年徒刑，最重甚至是死刑。」

「我管不了那麼多了。」我不在乎地道，「那根魚鳧王的黃金杖一定要弄到手。如果不去偷的話，要怎麼辦？二伯父給的身分證明，也只能讓我隔著玻璃看看那根爛杖，我有百分之九十九的把握能神不知鬼不覺地偷走。」

「不行！」夜峰斷然道，「我絕對不允許你再錯下去！」

我絲毫不讓地盯著他的眼睛，「你也想報仇吧！趙宇那夥人以及他身後的主使者只能藉由寶藏引出來，沒有黃金杖，你這輩子一個人都別想逮到！」

「別傻了。」夜峰唏噓道，「你們不是已經抓到一個了嗎！」

「傻的是你。那傢伙應該早就自己跑掉了。」我哼了一聲笑起來，「以那夥人的能力，你認為我們真的有可能看好他嗎？就算看得住，為了保住你的老命，我也得故意製造機會讓他溜走。」

夜峰狠狠地看著我，搖頭道：「你不光只是為了我才放走他的吧，你八成早就猜到了我的打算，要讓我沒辦法阻攔你！」

「不愧是我的親戚，還算了解我。」我和他之間的對話越來越充滿火藥味，「既然都這樣了，我不去偷，就沒有其他合適的人選了。」

「我不會讓你去，絕對不會。」表哥毫不猶豫地打斷我。

「我不去，還有誰能把黃金杖偷出來？」我怒道。

「我去。」夜峰從沙發上坐了起來。

「什、什麼！」我和在一旁看戲的楊俊飛都呆住了，腦袋一時間轉不過彎來。

我半晌才傻傻地道：「你、你不是說偷竊國家一級文物，根據《刑法》，會判處最少十年徒刑乃至死刑，難道你想以身試法！」

「你別管，我當然有自己的打算。」他說著便向門外走去，「我們手機聯絡，三天後在黃憲村集合，到時候我一定把那根黃金杖帶去！」

我和楊俊飛面面相覷，許久都猜不到那傢伙的用心。雖然明白他在這件事裡插一腳的心思，絕對是為了逮住趙宇那些人，但也沒有必要去偷一級文物吧！

我偷沒什麼，畢竟自己不怎麼在乎，也沒太多是非觀，但是表哥不一樣，他從小就接受愛國主義教育，這次為了親情袒護我已經非常難得了，難道他真的有什麼後著，能有驚無險地把東西搞到手？

不過，既然他已經決定要蹚這渾水了，那黃金杖的事情就不需要再擔心了。

放下這件事，楊俊飛和我樂得輕鬆。他慢吞吞地一邊喝咖啡，一邊列著去黃憲村需要的用品，而我在一旁補充。

過了大約一個半小時，孫曉雪回來了。

她慢吞吞地推開門，臉色明顯不太正常，似乎遇到了極為可怕的事情。我倆百忙中抬起頭望了她一眼。

「怎麼了？」我皺眉，難道她一出門就遇到災難性問題？

「我懷孕了，已經四個多月！」她艱難地吐出了這幾個字。

「恭喜。」楊俊飛笑道，「孫敖雖然死了，但他至少留下了自己的子女陪妳。夠幸福了！」

「你們根本就不明白！」孫曉雪突然大喊大叫起來，歇斯底里得像個瘋子，「我怎麼可能懷孕！我怎麼可能懷孕！根本就不可能！」

「怎麼回事？」我和楊俊飛對視一眼，突然感覺事情似乎不怎麼對勁。

她看著我們，一字一句，咬牙切齒地道：「在我的記憶裡，我應該還是個處女。孫敖從來沒有碰過我。我也不記得自己四個多月前有被人迷姦或強姦過，我根本就沒有懷孕的條件。請問，我究竟是怎麼懷孕的！」

「是不是醫院搞錯了？」不對勁的感覺越來越強烈，我暗示楊俊飛轉移話題。

「不可能！我驗了好幾次尿。而且回來的途中還買了驗孕紙檢查，都是陽性。我真的懷孕了。」她又歇斯底里起來，罵了一句髒話，「靠，最近都是些什麼玩意兒！怎麼可能發生在我身上，痛苦得要死，比死了還痛苦！」

果然，事情就像當初猜測的那樣，孫曉雪毋庸置疑，真的已經被詛咒了。她根本就忘了自己的老爸是死在她的刀下，也忘了自己早已不是處女，或許還有很多記憶都已經被青銅人頭像上的神秘力量篡改，只是至今還沒發現而已。

當初我和楊俊飛雖然有所懷疑，但卻無法證實，只好將她老爸的屍體處理掉，至今都騙她說，當初找到她時，就沒有見到她老爸的身影，怕的就是她一時受不了刺激，精神崩潰，現在看來，這選擇是正確的。

這件事，我打算瞞她一輩子。

嘿，一輩子！如果我們真的能破除詛咒，活下來的話。

孫曉雪原本堅強無比的性格現在變得十分的敏感脆弱。

我們沒有打攪她，任她哭，任她鬧，她歇斯底里夠了後，自個兒躲在沙發的一角小聲抽泣，似乎害怕我們聽到。

我和老男人離開客廳，來到二樓關押李睿的房間。

果然那裡早就已經空蕩蕩的了，窗戶開著，用來綁他的繩子整整齊齊地疊著，放在用來固定他的凳子上，哼，還真有禮貌。

不過這也是我們故意放水，李睿是一定要還回去的，否則難以表現我們的誠意，所以他逃跑時弄出那麼大的動靜，我都假裝沒聽到。

而楊俊飛也深得我的真髓，老神在在地坐著喝酒，還在一邊嘖嘖評論，「這傢伙逃跑的技術實在有夠糟糕，動作大得主人家不想發現都難！」

其後事情逐漸開始走上了正軌。

我和楊俊飛分頭準備尋寶盜墓的物資和裝備，他甚至從美國進口了一批儀器過來。孫曉雪在哭過後，咬牙切齒地也忙碌起來。

警察總局的事情軍方原本想隱瞞，但不知道哪個環節出了問題，事情最後還是被爆了出來。

新聞上提及，那晚一共死了十二人，都是歹徒使用某種先進武器，從身後襲擊了受害者，一刀致命。以致受害者來不及反應。十二人的情況全都一模一樣。

電視畫面裡，停屍房中的景象觸目驚心。

雖然屍體全都用厚厚的白布蓋了一層，但是好幾排的屍體依然令人覺得慘不忍睹。再加上來領屍體的親人呼天搶地的痛哭聲，痛徹心腑。

幾天前，那都是活生生的人，就這樣全死了。裡邊還有許多我熟悉的面孔，有幾個甚至還常常一起扯淡，令人頗為唏噓，不過也只是唏噓而已。唏噓過後，要做的事情依然沒有停下。

有時候，真的覺得自己確實越來越冷血了，難道是經歷過太多生離死別，抑或是真的長大了？

其實除了我們以及少數的政府人員外，又有誰知道那晚確切的死亡人數呢。

五十七個！

那晚的五十八個人中，除了表哥夜峰僥倖逃過一劫外，全都莫名其妙的犧牲了，犧牲得毫無價值。

新聞的最後提到，由於兇犯極為殘忍狡猾，作案後根本沒有遺留下任何證據，所以政府懸賞一百萬給能提供任何線索的良好市民，諸如此類。

我看著看著便笑了起來，哈哈大笑，笑得自己都覺得莫名其妙。這件事最後恐怕也只能無疾而終，丟進歷史懸案裡去。

終於，所有物品、設備和突發情況的預測都基本上算無遺漏的確實準備好了，我們這才不疾不徐地踏上開往黃憲村的貨運火車。

這一去，等待自己的究竟會是什麼呢？我相信絕對不單純，但直到去了那裡，才發現我們預料的實在太天真過頭了。

一場恐怖的大災難正在前方默默潛伏著，像一隻張開猙獰大口的惡獸，耐心地等待著……

第五章 DATE：五月三十日早晨九點十一分 神秘失蹤

貨運火車最近不再在黃憲村停留，我們只好在附近的一個小鎮下了車，但沒想到居然找不到公車前往黃憲村，沒辦法下，楊俊飛只得花錢買了一輛破舊得快散架的麵包車，這才大包小包地扔上去，一顛一簸地朝村子的方向開。

來之前就買好地圖，我們在火車上也研究了許久。

根據孫曉雪的說法，那裡只有一條崎嶇的山路通往黃憲村，根本就沒辦法開車進去。但我們在買來的精準地圖上，還是找出一條勉強能開進去的山路，很隱密，如果不是楊俊飛眼尖根本就發現不了。

那條路該是村子裡的人為了經濟發展，自己出資金修建的，但後邊一段還沒來得及修好就夭折了。開車的話，大概只能開到離黃憲村兩公里處的地方，之後的路就要靠步行了。

開到山路的盡頭時，發現不遠處還有兩輛車停放著，一輛越野車，一輛小型客車。

三人對視一眼，我笑了。沒想到另外兩批人來得比我們還急，就是不知道夜峰那傢伙帶了幾個人來。

將暫時用不到的東西丟車上，我們每人都揹了一個大大的行囊，就連孫曉雪也沒能倖免——等下找個旅店放房間裡就行了。

一路無語，每個人都各自想著自己的事情。

兩公里的山路沒多久時間就走完了，穿出竹林，視線豁然開朗，一片生機盎然的田園風光，依據山的層次錯落分布在高低不等的斜坡上，美得令人驚嘆。鄉間偶有幾棟青瓦房座落，更增添了一種說不出的恬靜。

黃憲村位於盆地，風光秀美得令人目眩神迷，我們站在高處眺望，不由得陷入綺麗景色給人勾畫出的濃烈鄉土氣息中，好一會兒才回過神。

楊俊飛打量著村子，許久，才嘖嘖道：「夠漂亮。如果開放成旅遊村，一定會大賺特賺。」

「什麼玩意兒，一腦子腐敗世俗的思想。」我反駁道。

望著這一幕如畫的風景，視線久久都捨不得收回來，整座村子都如同畫一樣，除了微風撫過，吹動樹梢的動作外，就是靜，寂靜，看不到任何動的東西。

不對！為什麼村子裡一個人都看不到！我皺起眉頭，壓低聲音向身旁的兩人問：「你們有沒有覺得什麼地方不對勁？」

「沒！除了漂亮得不像話以外，沒其他的了。」楊俊飛有點迷惑。

「你滾一邊去，從小國外長大的，當然不知道農村的風土人情了。」我望向孫曉雪，「妳來過這裡，說說看，有沒有什麼變化或者異常的地方？」

她的神色有些複雜，「確實很不對勁，怎麼都已經過九點了，村子裡居然還沒人走動？而且房子裡也沒有炊煙冒出，你看那幾棟房子。」

她抬手指了指村子中央的地方，「那是飯館，就算這裡的人比較懶，但總要吃飯吧，就算不在家裡煮，也要有個地方吃去。我記得那幾間小飯館早晨六點多就開店生火忙活起來，基本上不會熄火的，但那裡今天也沒有動靜，真的有些古怪！」

楊俊飛的臉色也凝重起來，「難道那夥人心血來潮，屠警局之後，順便來了個屠村？」

「不可能，對他們沒有好處。想要找到寶藏不是只要藏寶圖就好的，還需要向當地的人詢問一些風俗習慣等等東西。趙宇也是學民俗的，他當然很清楚。」我立刻否定了那個白痴猜測。

「也對。」楊俊飛撓撓頭，「當了那麼多年偵探，還是第一次親自來尋寶。以前委託人頂多就是讓我找到某些寶藏的地圖或大體位置，就不願我再插手了。不過，管他那麼多，下去看看就清楚了。」

我無可奈何地點點頭。就現在的情況，也只剩下這唯一的辦法了。

盆地裡的黃憲村果然一片死寂。思索間，已經到了村口處，不遠處立著一塊巨大的石碑，石碑上用朱紅的字體雕著「黃憲村」三個大字，筆劃剛健有力，不知道是哪位名家的墨寶。

但就是那三個透著詩情畫意的字，在這清晨的陽光裡紅得像血，在這清澈明亮朝陽似火的光線中，帶著陰沉沉的氣息，整個村子猶如一張猙獰的大口，靜靜地等待著被詛咒的人，帶著罪惡的楣運走進它的五臟廟裡。

有股惡寒襲來，三人禁不住打了個冷顫，孫曉雪不由自主地緊緊抓住旅行包的肩帶。我用力咬下嘴唇，率先進了這個氣氛詭異的地方。

剛一進去，孫曉雪就動也不動了，死也不願意再往前走一步。

楊俊飛緩緩掃視了四周一遍，空無一人的街道，靜悄悄的沒有一絲聲響的房舍，一切都很平常，也不像有埋伏的樣子，只是總覺得這裡有點問題。

他看了我們兩個一眼，點點頭，毅然往前走了幾步，在附近的一戶人家前停步，猶豫了下，然後敲門。

並沒有用太大的力氣，但門卻「嘎吱」一聲，打開了。

楊俊飛有點愕然，居然沒有關門，這裡的民風難道已經淳樸到夜不閉戶的程度？但聽孫曉雪的描述，又不太像啊！

有問題！絕對有問題！

他從懷裡掏出手電筒，就著刺眼的白色光芒走進房子裡。進了大門便是桃屋，屋子中間的桌子上，還整整齊齊地擺放著早已沒有熱氣的飯菜。有三副碗筷，看來是個三口之家，可是怎麼看起來桌上的東西還沒動過？

碗裡盛著冒尖的白飯，就像在向我們傳遞著某種訊息。

飛快地將整間房子搜了一遍，卻沒找到任何人，心裡不安的感覺更加濃烈了。

他從身上掏出手槍，又來到一戶人家前，用力踢開門闖進去搜查了一遍，依然找不到半個人影。他不死心，繼續找，接連找了十幾戶，果不其然，這個偌大的村子裡居然一個人也沒有。

見鬼！究竟出了什麼事！為什麼沒人，村裡的人都跑到哪裡去了？我們三個在可以相互照應的範圍內搜索著周圍的屋舍，依然沒有任何收穫。我覺得自己快瘋了，蹲下身用力抱住頭，想要將雜亂的思緒理清楚。

難道遇到大群的強盜打劫？不可能，先不說這個年代哪有什麼大群到可以打劫整個村子的強盜，就算有好了，但房子裡沒有任何翻動過的跡象，而且裡邊的人似乎也都悠然自得地幹著自己手邊的事。

但人呢？他們就好像在一瞬間全部消失了，整個鎮的人都消失了，而所有的一切，都保留在人消失時的一剎那……

難道，這裡發生了什麼難以解釋的事情！

我們三人站在大路的中央，背對著背，警戒地向四周張望。四周除了靜，就再也沒有一絲一毫的異常，沒有人，沒有任何生物，然而，這也正是最不正常的了！

「老男人，聽說過CMD嗎？」我許久也沒有看出個所以然，只好沉聲問。

「Collective Mysterious Disappearance？」楊俊飛反問，「你以為是這個？」

「不清楚，所以才想問問你的看法。但眼前的情況，只能這麼解釋了吧。」我苦笑。

「集體神秘失蹤現象！難道這世上真的有？」孫曉雪不斷左右打量，試圖找出活的東西，可這個適合蚊蟲滋生的季節裡，居然連蒼蠅都沒有一隻。人們都說生物有預知災難的能力，難道這裡將要發生什麼大事？

或者，有些事情已經發生了。

我和楊俊飛同時點頭。

我解釋道：「歷史上確實有許多神秘失蹤的案例。最令人稱奇的軍隊集體大失蹤一案，當屬第一次世界大戰期間的英國軍隊。此案發生在一九一五年八月二十八日，當時英軍和紐西蘭部隊部署在土耳其的加里波利地區。

「白天一隊八百多人的英軍向一塊高地前進，當時天氣晴朗，少有雲彩，有近似麵包狀雲片在英軍陣地上空飄浮，而英軍所要前往的山頭有一片濃濃的灰色霧氣，山巔卻隱約可見，山下晴朗一片。

「隨著大隊人馬不斷攀升，隊伍逐漸遁入迷霧中，等到最後一名士兵消失在迷霧中後，一會兒，詭異的事情發生了，大隊人馬無聲無息地失蹤了，再也看不到。

「一名士兵從灰色霧團中走出來了。幾十分鐘後，山頭瀰漫的灰色霧團消散了一部分，大部分則慢慢濃縮成一團碩大無比的霧團緩慢上升，最後和英軍陣地上空的幾朵浮雲融在一起之後，靜靜飄離而去。

「山頭霧氣消失後，整座高地寂靜無聲，山上植被清晰可見，然而整整八百多人杳無蹤影，八百多條人命就像那團神秘莫測的灰色霧團一樣，靜靜地霧消雲散！

「當年和八百多英軍同在一陣地的二十二名紐西蘭士兵，親眼目擊了這一事件，當時他們就駐守在離英軍六十公尺左右的小高地上，從英軍八百多人攀登高地，直到最後一名士兵消失在山頭的迷霧中，其過程全被這二十二名士兵盡收眼底。

「最後當發覺英軍大隊人員全部失蹤後，這二十二名士兵連忙向上級報告，英軍接到報告後，曾制定了周密的搜尋計畫，進行大規模的搜尋，然而毫無結果。當時英軍一直認為最大的可能是全隊人馬均為土耳其軍生俘。

「等到戰爭結束，英國向土耳其提出交回那失蹤的八百多名英軍，要求遣返生存的俘虜，然而土耳其一直堅稱從沒有看過這支部隊。那八百多人猶如遁入神秘王國，成為英國軍事歷史上一大懸案。

「無獨有偶，也是在第一次世界大戰中，法軍也同樣鬼使神差地遭此厄運。駐紮在瑪律登高地上整整兩個營數百名的士兵，也同英軍一樣悄無聲息地神秘失蹤了，法軍也曾派出大部隊進行全面搜尋，後來同樣空手而返。」

楊俊飛說的則比較具體可信一點，「說起來，我記得以前調查過一個案子，四川西南邊陲一個小鎮上，貢川中心小學四年級學生陳冉和劉丹放學回來去草坡割草，明明看見有三隻牛，忽然一隻不見了。

「陳冉向牛吃草的地方跑去，誰知跑著跑著在劉丹的視線裡消失了，至今下落不明，所有的解釋都無法說明這現象的原因。說起來，貢川也就在這附近不遠的地方。你們會不會覺得稍微有些關聯？」

我不禁有些意外，「你居然也調查這些古怪的東西，看不出來。那最後結果怎麼樣？」

「沒結果，什麼蛛絲馬跡都沒找到。」他有些黯然，「不過這附近幾百公里的地方確實出了許多怪異的事情，當時沒有接觸過神秘事件，自己也不太信。心裡只當是謠言就略了過去，現在想起來，說不定和那個寶藏的神秘力量有關。」

「有可能！」我點頭道，「這個墓穴，真的是讓人越來越覺得有趣了！」

孫曉雪眼巴巴地聽著兩個雄性動物的無聊對話，用手指戳了戳我，「管他什麼神秘現象，既然這裡什麼生物都沒了，那就證明短期內是非常安全的。先找到旅館把東西放下來，吃了飯再討論，村子我熟，我來帶路。」

說完就拉了拉背包帶，徑直向前走去。

這個女人真是難以理解，明明剛才還怕得要命，可瞬間就轉換了心態，雖然說女孩變臉比變天還快，但態度也不是這麼個轉變法吧。

果然，現在的人除了憨子傻子，就是再平凡的也沒有簡單的，何況孫曉雪這個原本就不怎麼簡單的人。

她熟練地在田間小路上走著，青天白雲，日朗天馨，秀色可餐，再加上穿著白色衣裙的美人優雅地在前邊走動，如果換一種情況下，確實令人覺得很有眼福。但現在，所有人都喪失了審美感和鑑賞能力，只是覺得，這田間小路透著一股詭異。和大晴天完全的格格不入。

好不容易才來到村裡唯一的旅館前。門大開著，裡邊果然鴉雀無聲。

「有人嗎？」孫曉雪禮貌客氣地喊了一聲。

依然是鴉雀無聲。看來整個村裡不知道從什麼時候起，人就壓根統統因為某種原因遷移或消失了。遷移不可能，那麼大的動靜，放在通訊發達的現代，怎麼可能沒有任何報導？

雖然村裡沒人，但仍然有水有電。我們三人隨便找了三間鄰近可以相互照應的房間住下，然後在我房裡集合。

「有沒有發現什麼？」我問兩人。

楊俊飛開口道：「我剛才檢查過整間旅館，房間還算乾淨，生活必需的設施都還好好的，灰塵也沒有積太多，可以推測村裡的人也就是最近幾天不見的。

「我也看了廚房，順便把冰箱冷藏室裡的東西都檢查過一遍，但有個令人疑惑不解的地方。」孫曉雪皺著眉頭。

「你們也知道，冷藏室裡的東西都有保存期限。一般牛肉是一到兩天，魚類和雞肉能冷藏個兩到三天，而熟蛋六到七天。但冰箱裡的蛋和其他肉類都壞了，只有大量的牛肉還非常新鮮，難道是昨天有人才塞進去的？」

果然很古怪，難道這裡並不是沒人，而是由於某些原因，所有人都躲了起來？我站起身道：「一起去看看。」

來到廚房，才發現這村也不算太窮，或者說，這間旅館不窮。廚房弄得十分寬敞明亮，衛生條件也不錯。

打開其中一台冰箱，就看到裡邊滿滿地塞著一種色澤鮮紅，透著鮮嫩的肉，多到就快要溢出來了。再打開另外一台冰箱，情況也基本上差不多。兩台冰箱都有一種變質的惡臭，夾雜著新鮮肉的味道，氣味非常的怪異。

我的表情很複雜，伸出手指按了按那些肥瘦均勻的肉，突然心裡一凜。這東西真的是牛肉？通常牛的肋骨比較寬，皮比較厚，而且沒有肥肉，但是在這種肉上分明有少量脂肪連著，而且，實在太紅了。

拉過楊俊飛，我小聲說道：「你覺得，那真的是牛肉？我看傭人弄過牛排，一般牛肉上瘦肉較多，肉紋是一根根緊密並列在一起，就像很密的梳子齒。分切時需要橫切，也就是肉紋是橫的，刀就要豎著，刀和肉紋呈現十字形！

「但這裡的牛肉明顯不一樣，顏色太鮮豔了，而且不像是用刀切割下來的，就像……」

我有點說不下去了。

「就像是用手，活生生地從還沒有死掉的生物上撕扯下來的對吧？」楊俊飛神色嚴峻的接過話樁，「你的猜測沒錯，那的確不是牛肉。」

我打了個冷顫，一個念頭猛地竄入腦中。

他臉色陰晴不定地證實了我的想法，「這是人肉，全部都是。只是不知道是誰，從什麼人身上那麼殘忍的，活生生地將皮肉撕開，扯下來，又放進冰箱裡的。」

在不遠處偷聽我們講話的孫曉雪頓時臉色煞白，雙腳不斷地顫抖著，嚇得差點倒在地上。

「看來，我們要小心一點了。」絲毫沒有紳士風度的我臉色也不怎麼好看，顧不上照料她，只是一個勁兒地拿水沖著手指，說道：「無論幹什麼事都千萬不要一個人，盡量大家一起行動。

「實在搞不清楚這個村裡的狀況，但用下半身想都知道絕對不會太單純。這些把人肉塞進冰箱裡的傢伙，恐怕比趙宇那隊人更不正常。」

楊俊飛點點頭，找出個手套，戴上，然後將冰箱裡的人肉統統拉了出來，打量許久，才道：「看這些肉的變質情況，越裡邊的肉就越不新鮮。看來應該有人每天都不斷地在朝裡邊塞。我等下在這裡裝個監視器，我們晚上通宵監視，看看究竟會發生什麼！」

第六章 DATE：五月三十日夜晚十點二十三分 殭屍

所謂殭屍，古籍有云：「人死後，屍不腐。吸收陰氣，靈氣可隨意活動，但初期沒有思想，只對血肉感興趣。長成後，可與天神對抗。」

殭屍本是古時傳說的一種神秘生物，它可能是人類神話故事中最可怕最厲害的一種怪物。就本人夜不語大帥哥的理解，或許算是人類的一種變異，甚至說是進化；當然，如果它們還留有神智的話。

殭屍是一口氣積聚而成的，人在生前的生氣、憋氣、悶氣，在死後會於喉嚨處留下一口，但也不能說這樣就會百分之百的變殭屍，畢竟據說要成為殭屍還需要諸如天時、地利、人和等等諸多莫名其妙的原因。

根據《神州怪異志》，符合了這三大要素的屍體，大多數還是成不了殭屍的。據說現在之所以很少再看到殭屍，完全是因為採行了火葬。

很久後我才在某本民俗學的書上看到，在黃憲村附近就有個廣為流傳的殭屍傳說。不知道是哪個年代，總之一個窮書生進京趕考，來到離黃憲村十多里不知道哪個小鎮上，由於沒錢住店，便在鎮外找了間破敗的小廟住下。

和他同行的還有一個木匠。

殊不知這裡是鎮上非常有名的地方，大家總是遠遠地繞開，沒有人敢去。因為這座破廟裡鬧殭屍。

雖然不知道為什麼古代的傳說中，破廟總是會有些怪異恐怖的東西，但那殭屍的來歷，傳說中描述得清清楚楚。

據說那殭屍是冤死之人未投胎化成的厲鬼，至於那個冤死的人是誰，是哪個年代的人，早就無法考究。但它被某個路過的、道行高深的道士燒死後，居然附在死屍上成為半人半鬼的型態。

書生和木匠兩人睡到半夜時，突然聽到門外一陣響動。似乎有東西一跳一跳，以著極為精準的步履，向他們睡覺的地方跳過來。

還是木匠比較有經驗，他大喊了一句，「殭屍！」然後起身就從後門逃跑了。

書生一時間沒反應過來，直到殭屍狠狠地一把將門掀開，這才驚慌失措地撒腿開溜。但是已經晚了，那殭屍似乎聞到了他的氣味，死活追著他不放。

書生好不容易才跑出破廟的大門，情急之下發揮出這輩子幾十年都沒來得及發揮的潛力，飛快地爬到門前的一棵大樹上。

那木匠還算有良心，拿著墨斗偷偷溜了回來，在棺材上彈了幾下後，接著將棺材封了起來。殭屍追不上樹，回廟中去，發現棺木被封，只能回頭再找書生，但因殭屍沒辦法爬樹，一直在樹下抓都抓不到。

終於它氣極地伸手用力往樹幹一插，長指甲深入樹幹，不管怎麼用力都沒辦法拔出來。書生在樹上提心吊膽地待著，嚇得渾身直哆嗦，好不容易才等到雞叫天明。

殭屍在白天沒辦法動作，村人聽到消息連忙來到破廟察看，最後幾個膽子大的趁機把殭屍燒了，才算徹底解決。

據說殭屍最早出現在五代的南唐，不過那時候只有說到屍變，還沒有殭屍這名詞，殭屍是從清朝才開始大量出現，但是殭屍最多的年代，應該是清末民初。

清末民初，中國正值烽火亂世，屍橫鄉野，大家只顧著逃難，沒人會去幫別人收屍。當時的環境衛生不良，醫藥也不發達，而且，家破人亡隨處可見，死人活人共處一室更是非常普遍。

聽說，直到民國三、四十年間殭屍才慢慢變少，原因很多，難以一一描述。而存活到現在的殭屍都是千年殭屍，已很難被發現。

殭屍等於趕屍的屍，清朝時可以付得起錢趕屍的家族，大都是些品行不怎麼好的貪官，那些貪官和有錢人如果客死異鄉的話，根據風俗遺體都要送返家鄉埋葬，為了展現出自己的地位，都會套上一件官服。

說到這，就不得不提到最最出名的湘西趕屍了。湘西趕屍，又稱移靈，屬茅山術祝由科，發源於湘西沅陵、瀘溪、辰溪、溆浦四縣。大體來說就是在屍體未腐爛時，由術士趕回鄉安葬。

趕屍的術士大約三五同行，有的用繩繫著屍體，每隔幾尺一個，然後額上貼黃紙符，另外的便打鑼響鈴開路，晝伏夜行，天光前投棧，揭起符紙，屍靠牆而立，到夜間繼續上路。

也有人指趕屍者其實是揹起屍體而行，但由於身穿黑衣夜行，路人自然看不見趕屍者，以為有行屍。

說了這麼多，為的就是想合理解釋眼前的狀況。因為我們從監視器裡看到了難以置信，超出想像，完全無法用科學解釋的現象。

這件事要從我們分配監視時間表後說起。

察覺冰箱的異狀後，楊俊飛便在廚房裡安裝了監視器，而我們三個怕在村子裡到處跑，會引起太多不可測的因素，天一黑就回到了旅館中。

樓下的廚房裡，原本一直都沒有任何動靜，但夜晚十點過後，有個黑影緩緩地走了進來。當時是孫曉雪在監視器前值班，她看到有狀況，立刻將正在一旁研究地圖的我們叫了過來。

螢幕上，那個黑影一頓一頓地走得極為艱難遲鈍，彷彿身上有千萬斤重。而且每走幾步全身都會微微顫抖一下。走近了，越來越近，在精密的夜視鏡頭前，一張女人的臉孔露了出來。

只見她臉色慘白，沒有流露出絲毫的表情，唯一的神色就是死板，彷彿一張詭異的照片貼在臉上，也不知道她晚飯吃了什麼，只見嘴裡不斷分泌出大量的唾液，順著嘴角持續往外流，一看就讓人覺得此人神經絕對有問題。

孫曉雪大驚小怪地叫了起來，「老闆娘！她就是這家旅館的老闆娘。怎麼可能，她怎麼變成這副模樣了？上次看到她還一臉慈眉善目，是很有親和力的成熟女性，我對她超有好感的。」

那個老闆娘流著口水，口腔內部似乎什麼地方破了，將流出的口水染成暗紅。氣氛頓時變得沉重詭異起來，看得人心裡發麻。

「伊波拉系病毒的徵狀。」楊俊飛沉默不語地觀察了許久，才評價道。

「那是什麼東西？」孫曉雪目不轉睛地望著監視器螢幕問。

這女人果然不簡單，如果是其他女性遇到這種情況，早就嚇得雙腳發抖，鑽進被窩自個兒害怕去了。

我也沒有移開視線，隨口解釋道：「據說是上個世紀初期，英國專家解釋為何會出現『活死人』的部分原因。這些專家在研究伊波拉病毒熱這種自然疾病時，發現跟活死人有類似的症狀。

「隨後他們稱，活死人就是一種由這一病毒引起的疾病，在連續高燒數個小時後，一名感染伊波拉病毒的病人，會陷入昏迷或昏厥，而這一徵兆與臨床死亡極為相似，所以經常被認為這個病人已經死亡。

「但是，幾個小時或者幾天後，這個病人忽然甦醒，並且進入一種極具攻擊性的狀態。這個意識模糊的病人將撕咬所有運動的物體，包括人類和動物。同時，這種疾病會讓病人分泌大量的唾液，並引發內出血現象。

「在外人看來，這個忽然復活的死人嘴角流著鮮血、眼神變得呆滯，根本就是成了喪屍。」

「你們的意思是，老闆娘已經變成了喪屍？」孫曉雪打了個哆嗦，「怎麼可能，哪有這種可笑的事情。」

「世界上沒有什麼不可能的。」我乾笑著，指著螢幕上那個已經不能算人的生物，「妳看，它眼神呆滯，明顯已經沒有思考能力了。剩下的只有本能和日常生活中最重要的事。或許對這個老闆娘而言，就是把冰箱裝滿吧。」

「但也不能就這麼判斷她死了！」孫曉雪固執地說。

我懶得理她，直接衝楊俊飛道：「老男人，你怎麼看？」

「喪屍，絕對是喪屍。」他毫不猶豫地斷言，「據說喪屍是一種不斷散播的傳染現象，通常是藉由抓或咬傷來傳染，受害者通常會瀕死，並在死後迅速轉化成喪屍。不管如何轉化，這些現象都是死後才出現。

「既然這個喪屍還能活得好好的，整個黃憲村恐怕都已經被感染了。哼，難怪村子裡一個人都沒有，好像憑空消失一樣。」

「不對，這肯定不是你口中的喪屍。」我搖頭，雖然自己是個死硬派的無神論者，但是並非不懂變通的笨蛋。既然親眼看到了，就只有接受它的存在，「我覺得是殭屍！」

「殭屍，就是傳說中老是一跳一跳，力大無窮到莫名其妙的那種？」楊俊飛嘲諷道，「拜託，世界上哪有那種東西。」

「孤陋寡聞，殭屍可是分了好幾個階段。」我瞪了他一眼。

「《子不語》中把殭屍分成幾種：紫殭、白殭、綠殭、毛殭。《閱微草堂筆記》曾對殭屍的形貌做出描述：『白毛遍體，目赤如丹砂，指如曲勾，齒露唇外如利刃……』

「你仔細看看那個老闆娘，它確實有所有喪屍的症狀，但是它裸露出來的皮膚上，已經長出一層白森森的白色細毛，它恐怕已經快要變成白殭了！」

楊俊飛皺眉，「我們誰都沒有真正見過，說不定喪屍身上也會長白毛。」

「你們這兩個混蛋，居然還在賭氣較勁。」孫曉雪聽得氣不打一處來，「那隻不管是殭屍還是喪屍的東西就在樓下，而且說不定整個村子的人都變成那副德行了，你們還不想想辦法怎麼脫困。」

我無所謂地道：「那些傢伙腿是僵硬的，又不能上樓，我們慢慢等。到天亮就好了。據說殭屍都見不得陽光。」

「據說，又是據說。」孫曉雪又上了火，「你能不能拿出點真憑實據來，這可關係到大家的命，如果它們不怕怎麼辦？」

「怎麼會不怕。」我強笑道，「如果它們不怕的話，白天早就看到這些玩意兒到處遊蕩的身影了。既然今天一整天都沒有碰到一個，就證明它們其實很害怕陽光。不過白毛殭屍，還真的是第一次見到，太有趣了！」

「還有趣！有趣你個大頭鬼。」孫曉雪氣得險些打過來。

楊俊飛似乎也不怎麼害怕，津津有味地看著老闆娘，將扛在肩膀上的那幾塊人肉塞進冰箱裡。「怪了，這些人肉究竟是從哪裡弄來的，看色澤居然還很新鮮。」

我托著下巴，自言自語道：「殭屍，沒想到這世上居然真的有殭屍。」

「有又怎麼樣？」孫曉雪扯過一床被子抱在懷裡瑟瑟發抖。

「要知道，所謂殭屍，比較科學的解釋，就是死後經過很長時間，卻仍然沒有腐爛的屍體，變成類似木乃伊。沒有腐爛的原因可能是氣候或土質的緣故，但是至今還沒有實物報告，以前我也只能猜測臆想，沒想到居然能在這裡碰到一具。」

「恐怕不止一具吧，整個村子的人很可能都被感染了！」楊俊飛冷冷地說道，只見他小心地拉開窗戶一角，示意我們向外看。

出於安全考量，房裡沒有開燈，因此反而外邊比較明亮。潔白的月光將整個視線範圍照得纖毫畢露，只見不遠處有許多個和老闆娘一模一樣的身影，在月光下邁著一頓一頓的呆滯步履，穿梭在村子的各條路上。

我掏出夜視望遠鏡觀察了許久後，全身癱軟地靠在牆上發呆，許久，才顫抖地道：「有沒搞錯，居然全都是白毛。怎麼可能，要知道，殭屍的形成條件是很苛刻的，就算全都被感染了，也不可能在幾個月內迅速變白殭的。

「據古籍記載，紫殭到白殭，自然演變至少需要幾十甚至三百年的時間。究竟哪裡出了問題？喂，大姐，妳確定上次來的時候，所有人都是正常的？」

孫曉雪連生氣的力氣都沒了，只是無力地瞥了我一眼。

「《閱微草堂筆記》把屍體變成殭屍的原因分成兩種，新屍突變以及葬久不腐。」我也沒期望誰在那種情況下還能和自己搭話，只是自顧自的整理著思路，「如果要讓新屍突變的話，只有一種可能，這附近絕對有一處養屍地！」

「養屍地？」兩人終於有了反應。

「嗯，比較科學的說法，就是土質的酸鹼極不平衡，不適合有機物生長，因此不會滋生蟻蟲細菌。即使過了百年，屍體的肌肉毛髮也不會腐壞，有些資料顯示屍體的毛髮，指甲甚至會繼續生長，風水學中亦有此一說。

「這些東西既然突變得這麼快，唯一的可能就是白天藏在養屍地裡滋養保健身體，到了夜晚才出來放風，順便吸收點日月精華！」我解釋道。

楊俊飛眼睛一亮，顯然明白了我這番話的精髓，「你的意思是，白天那些東西應該都聚集在養屍地裡。只要我們趁著白天找到那塊所謂的極品地方，然後灑上汽油點火，之後就完全沒有後顧之憂的可以繼續尋寶了？」

「理論上來說，應該是。」我瞥了窗外一眼，那些白毛殭屍毫無倦意的四處遊蕩著，有條不紊，慢悠悠地重複著自己生前記憶最深刻的事。甚至有些還在田裡忙碌，嘿，月光下看殭屍種田，也算是個頗為有趣的消遣。

「那事情就簡單了。」楊俊飛為了保險，將通往這個樓層的所有關鍵地點都裝上了監視器。

他將所有監視器的畫面都調出來，打了個哈欠道：「保險起見，我們輪流監看螢幕。雖然理論上那些東西上不來，但住在這種群魔亂舞的地方，危險係數實在太高了，我不習慣。只要能撐到明天早晨，哼，我就第一時間去燒了那些玩意兒。」

說起來輕鬆，但是不知為何，老是有種心神不寧的感覺。

我們按時間表輪流睡覺。不知道過了多久，孫曉雪將我推醒，然後迫不及待地鑽進被子裡舒服地睡覺。

我揉了揉明顯睡眠不足的紅腫眼睛，注意力開始集中在螢幕上。

大腦也沒有閒著，絞盡腦汁地搜刮著關於殭屍的一切資料，然後和眼前的狀況比對。據說殭屍能變妖，變魃，或旱魃。《神異經》裡記載：「南方有人，長二三尺，袒身，兩目頂上，走行如風，名曰魃，所見之國大旱，赤地千里。」變魃殭屍能飛，殺龍吞雲，造成旱災。所以人們每逢旱災出現，便會四出搜尋殭屍，把它們燒成灰燼。

但眼前即將變異的白殭明顯有一些不同。它們沒有一跳一跳的，而且還保留著最原始的本能，只是不知道智力還剩下多少。但說它們是感染了伊波拉病毒熱系的喪屍，又更不可能。

不過，自己也沒真正判斷的能力，畢竟沒接觸過類似的東西。

但說到殭屍，書上記載的東西就多了，而能讓它們感到害怕的東西更多，諸如掃帚、鈴鐺、墨斗線、石工錐、糯米、桃枝、棗核等等，但碰巧，我們帶來的一大堆東西裡，包羅萬象，什麼都有，就是沒有那些普通到可以降服殭屍的玩意。

這間房間裡，就連一把掃帚也沒有。

似乎說完全沒有也不太對。記得《本草綱目》提到：「鏡乃金水之精，內明外暗。」金水也能剋殭屍，那就是說，殭屍應該也會害怕被鏡子照才對。

一想到這裡，心裡想深入研究的念頭就再也止不住了。記得旅行包裡就有孫曉雪帶來的化妝鏡，姑且拿來試試，也好判斷這些東西是什麼品種。

偷偷摸摸地將那個小巧的化妝鏡掏出來。這間旅館古色古香，窗戶用的不是玻璃，而是竹子編織成的窗蓋，上半部跟牆沿連結在一起，想要打開，只需要在下邊一頂，用旁邊長短不一的木頭固定住就行了，非常方便。

就現在的狀況而言，確實是非常人性化的設計。

我將螢幕的光芒調到不會引起外界注意的亮度，然後才小心翼翼地將窗戶挑開一個小口。窗外月色皎潔，看看時間，不過才凌晨四點過而已。

看了看手中，在月色下變得晶瑩，泛出銀色光澤的鏡子，我的好奇心再次得到了昇華。

打量著窗外那些遊散的殭屍，我挑選著受害者。好不容易才發現了一個位置不遠不近，看起來傻傻的，應該相對比較安全的小殭屍，然後迫不及待地嘗試起來。

將鏡子緩緩地伸出窗戶，對準那隻小殭屍，然後靜觀其變。

鏡子似乎真的起了作用。光潔的鏡面撈起一道銀亮的月光，照射在了它身上，鏡中，映照出它步履蹣跚的身影，那隻小殭屍迷惑地停下了腳步，勾著爪子，呆呆地站著。

不知為何，突然腦中想起了最早的一本鬼怪古籍《神州怪異志》中，對殭屍的劃分，裡面提到，殭屍大致分成三等，一種是行屍，是無意識的軀體，最低等的殭屍，依靠自己的本能行動，俗話說的行屍走肉就是指這個。

還有一種是具有意識的殭屍，它們有著和人一樣的智慧，能夠判斷自己的行為，據說這種殭屍往往都有千年以上，很難對付。

最後一種是蔭屍，這東西是中國真正意義上的殭屍。

意思是一具屍體放在某個充滿精力或接近生命的暗處，這屍體就會吸收精力或者生命力，然後屍變。這種東西具有活動能力和最基本的思考能力，或許算是人類的另一種生命形式，雖然它在傳統意義上其實已經算死了。

書上還警告，如果發現這類蔭屍，一定要盡早處理，還有，千萬不要用對付行屍的方法對付它，否則，後果不堪設想！

剛想到這裡，就見到那具被我用鏡子照到的小殭屍猛地回過身，直勾勾地向我的位置望，我甚至能看到它翻白的眼珠以及絲毫沒有生氣，已經稍微開始腐爛的臉孔。

我的心臟被這變化嚇得差些癱瘓，剛想偷偷地將手縮回來，沒料到，那隻殭屍居然

「呀呀」地叫起來，尖銳的聲音唐突地劃破了夜的寧靜。

附近所有的殭屍都彷彿活過來了一般，頓時放下手裡的東西，流著口水，向這邊望過來。然後，慢慢地，緩緩地，拖挪著僵硬的步伐以旅館為中心靠近。

糟糕，恐怕這次真的要完蛋了！

一直都保持著警覺心的楊俊飛和孫曉雪，被那聲尖叫驚醒。他們看了看窗外的狀況許久，才聲音發顫地問道：「究竟發生了什麼事？為什麼它們在朝這邊聚攏？」

「我也不太清楚。」厚比長城的臉皮這時候也稍微有些發紅，不過也顧不上牽扯責任了，我用手指了指螢幕，「你們看。」

只見一直都安安靜靜在旅館廚房裡遊蕩的老闆娘，聽到了那聲尖叫，突然精神一振，就像吸了毒似的。它搖搖晃晃走起來像喝醉酒的人，步子雖然一樣艱難，但明顯已經有了目標。

不光是它，所有殭屍都找到了當前的目標，紛紛從遠處和不遠處竄了出來，整個村子的髒東西，都被那聲尖叫引了過來。

只是老闆娘近水樓台。她目標明確地走到樓梯口，卻怎麼樣也上不了樓。只能一跌一碰地不斷嘗試著。

「雖然搞不清楚它們為什麼騷動，但這騷動明顯是針對我們的。這裡恐怕不安全了，我們要盡快逃出去。」楊俊飛說著，便打量起房間四周的環境。

孫曉雪雖然怕得要命，但不是沒腦子，她有自己的想法，「問題是外邊更危險，再說它們也上不了樓，還有一個多小時天就要亮了。我們盡量撐一撐就——」

「我們撐不住的。」楊俊飛壓低聲音打斷了她的話，「別看現在它們上不來，但當所有殭屍都鑽進這棟房子裡時，光憑這種不太高的樓梯，就是擠都能擠一堆上來。」

「沒錯，我們必須逃出去！這棟房子不可靠。」我厚顏無恥地完全將根本就是自己把殭屍引來的事實，丟在腦後，以後大概也會來個死不認帳，畢竟這種事，說出來實在太白痴太丟臉了，「可是該怎麼逃出去，逃出去後怎麼辦就有些講究了。」

「你有辦法？」楊俊飛沒好氣地瞪了我一眼，想來早就猜到是我幹的好事。不過他聰明的沒有在這種千鈞一髮的時間和我耍嘴皮。

「不能算是辦法，但恐怕是一種沒有辦法的辦法。」

我指了指屋頂，「住進來時，我順便檢查過這裡，這棟房子是全木結構搭建起來的，相信已經有上百年的歷史了。雖然裝修過許多次，但主體結構都還在。最重要的，它不像水泥建築那麼堅固。」

我頓了頓，繼續道：「你們也看到了，現在應該全村的殭屍都在朝這裡聚湧。我的計畫就是，敞開大門隨便它們進來，免得它們圍在周圍鬧事。為了防患於未然，我們白天已經將一樓和二樓的所有出入口，全都封起來，這省了許多事。

「現在只需要在這個房間的天花板上開個洞，然後藏進房簷裡，並在房簷邊用帶來的工具撬開房頂。這些東西都沒有跳躍能力，等所有殭屍都進了旅館，我們就從那個窟窿放一根繩子下去，然後迅速將大門關好。

「放心，大門用鐵皮包過的，很厚很結實，足夠支撐到太陽升起！」

「那誰去開大門？」楊俊飛覺得這個辦法確實可行後，問出了最關鍵的問題。

孫曉雪頓時變了臉，「你們不會讓一個纖瘦的弱流女子，去幹這種粗魯不文雅的事吧？先聲明，我百分之百會搞砸！」

我也不落人後地示弱，「你們也看到了，我根本就肩不能挑手不能提，而且還未成年。你們也不忍心讓一個未成年人幹這種高危險的作業吧！」

楊俊飛氣急反笑，「你個臭小子，都十九歲了還冒充未成年。還有妳，妳也算弱質女流？妳哪弱質了！算了，不都指望我嗎？總之我偷雞摸狗的事情幹多了，我做！」

我們毫不猶豫，理所當然地衝他比出了大拇指。

時間非常緊迫，雖然那些殭屍走得實在不快，但仍然不斷地在朝這個方向聚集。光是看到樓下那一片黑壓壓，毫無理智，可以致人於死的生物，就覺得頭皮發麻，恐懼到了骨髓裡。

楊俊飛小心地打開門竄出去後，孫曉雪立刻將門關上。我拿出偷雞摸狗必備的切割設備，很快就將天花板劃出了一個剛好夠一人擠進擠出的小洞。

先將孫曉雪推進去，再環顧四周。想了想，我將切割鋸對準了房間裡的家具，將一切有可能堆成梯子的物件，全切割成完全不能重疊起來增加高度的小塊，然後統統扔到走廊上。

這才順著繩梯爬了上去。

打洞時自己也留了個心眼，將通往屋簷的洞口打在可以看到監視器的位置。只見楊俊飛身手敏捷地躲過動作遲緩的老闆娘，飛快地將大門推開。頓時，早就圍攏在四周的殭屍，全都如同流水一般湧了進來。

不愧是世界頂級的偵探，身手確實不錯。靈巧地繞開那些遲緩的生物，一步不停地向二樓跑，很快就回到了房間，三兩下地爬上繩梯，然後將其收上來。

接下來，只需要耐心地等待了。

第七章 DATE：五月三十一日凌晨四點三十七分 養屍地

有人說「焦急」或者「急杵搗心」這種心情，通常都是出現在驚異不安的情況下。沒錯，這種現象確實在我們三人的身上出現了。

據說，坊間曾流傳道家有太陰煉形之法，意思是把新鮮的屍體埋個數百年，期滿後便會復生，如果不想等那麼久的，道士會用邪物或邪氣附在新死的屍體上，再讓屍體吸收陽氣，借人生氣成屍氣。

人死之際，屍體的魂一散而魄滯留下來，造出的殭屍就會非常兇猛，變異起來也異常快。

我用鏡子測試那些殭屍後，居然產生了反效果，也順便客觀的證明了，這些玩意兒不是殭屍，而是成長發育得有些怪異的蔭屍。

據說蔭屍會嗅出人的生氣，也就是呼吸的味道。我們三人都戴上了專為偷雞摸狗尋寶盜墓用的防毒面具，心驚膽跳地等著那些鬼東西湧進旅館。

等了大約半個多小時，蔭屍才陸續集中，緩慢地移動進來。果然如同猜測的那樣，它們擁擠得如同沙丁魚罐頭，沒過多久就將先到的蔭屍擠上了並不算高的樓梯。

二樓上也漸漸地出現了它們的聲音。那些東西遊蕩著，目標明確地朝這房間湧來，將房門擠開後，卻發現裡邊空無一人，甚至連能躲藏的家具都沒有。

不知道它們柔弱的大腦有沒有辦法處理掉這些資訊，恐怕沒辦法吧。那些湧入的蔭屍迷惑地繞著房間轉圈，然後又慢慢地向別的房間去。

漸漸地，外頭的蔭屍越來越少了，終於，視線範圍內一隻蔭屍也沒有了。我不動聲色地示意楊俊飛行動。他點點頭，先是伸頭朝大門口望了望，看有沒有漏網之魚。

大門口乾乾淨淨的，很空曠。他深深吸了一口氣，再次檢查牢牢繫在腰上的繩索，用力扯了扯，看另一端固定得是否穩當，這才有條不紊地跳了下去。

繩子放得很慢，他的精力和注意力高度集中，只要一有不對的地方，就準備按動上捲的按鈕。四周的風不斷撕扯著他的衣服，還好換上了貼身的全皮夜行服，不然在這種陰冷的山風中，這種詭異的氣氛裡，意志稍微薄弱點的人很可能立刻瘋掉。

還好事情進展得非常順利，他的雙腳接觸到地面，警戒地往左右看了看，沒太大的動靜。於是躡手躡腳地靠近門邊，一把將門關起，並迅速地在兩邊的門把手上，插入事先準備好的金屬棍子。

我和孫曉雪在二樓提心吊膽地為他把風，見他順利完成任務，反倒不急著下去了。雙手不停地比著手勢，和他無聲的交流了數回合，大致的意思就是死纏爛打、死賴活賴地讓他順便把附近也檢查一下，上邊的兩人都頗為嬌貴，一個是弱質女流，一個是未成年少男，都是高級人種，很容易就會出人命的那種。

楊俊飛氣得衝我們比了國際性的髒話——中指。但又浪費不起時間，最後只有妥協地邁著小心翼翼到見不得人的步伐，繞著旅館走了一圈。

不一會兒回來的時候，居然變成了兩個人。

我們都嚇了一跳，險些以為那傢伙被某些漏網的蔭屍咬了，沒幾分鐘工夫就變成異類，還很二五仔地引了他老闆過來抓我們。

當看到另一人的臉孔時，我頓時興高采烈，迫不及待地順著繩子滑了下去。

「夜峰！我就知道你沒事！」我實在太高興了，沒大沒小地直呼表哥的名字，以表示我內心的激動雀躍。

不等他滿臉感動得真情流露，我就跑到他跟前攤開右手，「黃金杖弄出來沒有？快點給我。」

夜峰原本很開心的臉孔頓時凝固，彷彿整個人都石化了一般，過了好一會兒才反應過來，「你個臭小子，也不知道先關心一下我的安危。哼，白費我擔心了你好一陣子。」

「你不是還活得好好的嘛，又沒傷沒殘的，關心你幹嘛！正經事要緊。」我的手絲毫沒有縮回去的架勢，「黃金杖！」

「沒有。」他偏過頭，賭氣似的說道。我的笑臉頓時沉了下去，「沒弄到手你還好意思過來，當心我抽你。哼，白費我對你的信任。」

「誰說我沒弄到手。你這小子，我還以為今天你轉性了，果然還跟以前一樣死不悔改，冷血，跟個女人似的，變臉比變天還快，黃金杖那麼重要的東西，我怎麼可能隨身帶！」

表哥氣不打一處來，忍不住就想順著我的頭打下去。

「嘿嘿，弄到手就好。」我又露出燦爛的笑，馬後放炮的善良了一回，「表哥，你沒事就好，別為了黃金杖這種區區小東西就連命都不要了，還是小命要緊哈，有命在，十根黃金杖都能弄回來。對了，你怎麼遇到老男人的？」

「哼，狗改不了吃屎。」夜峰越聽越不爽，不過都十幾年親戚了，只得嘆口氣道：「我今天一早就到了，發現整個黃憲村居然一個人也沒有，就隨便找了間地理位置比較安全的屋子住下。

「誰知道到了晚上就發現許多活死人在村子裡遊蕩。當時大氣都不敢出一個，只能眼巴巴地等天亮，沒想到剛才不知為何，所有的活死人都往某個位置聚集過去。我一好奇，再加上擔心你們，便偷偷地跟過來，然後就碰到了他。」

他用手指了指楊俊飛。

完全被忽略的孫曉雪在一旁小聲的咳嗽了一下，「很抱歉，非常遺憾打擾了你們的親族聚會，但是，你們有沒有聽到什麼聲音？」

我們三人側耳傾聽了半天，只是覺得四周十分寂靜，除了山風聲外，就只剩下旅館內沙丁魚罐頭擠爆了，卻安靜到詭異的孤寂。

「哪有什麼聲音？」我反問道。

「但你們不覺得實在太安靜了？剛才旅館裡還嘰嘰喳喳的，雖然那些東西不會吵鬧，但那麼擁擠，相互碰撞摩擦的聲音總會有吧，為什麼現在什麼都沒了？」

我、楊俊飛、夜峰三人對視一眼，猛地有種不祥的預感竄上心頭。

「老男人，我們白天，應該把旅館所有的門窗和出入口都封閉了吧？」我緊鎖眉頭，沉聲問。

楊俊飛顯然也想到了些什麼，但依然肯定地點了頭。

「但那個老闆娘為什麼還會出現在旅館的廚房裡？它肩膀上扛著新鮮的人肉，就說明它並不是一直待在裡面。那，它究竟是怎麼進去的？」我的聲音顫抖起來。

或許顫抖和打哈欠有著同樣的傳染效果，楊俊飛的聲音也開始發抖，「靠！不好，這旅館一定還有別的出口，只是藏得非常隱密，隱密得我們都沒有發現。糟糕，快逃！」

「快逃」兩個字一說出口，我們四人就什麼都顧不上拿，如同沒頭的蒼蠅，急忙向遠離旅館的地方狂奔。

說時遲那時快，蔭屍從不遠處的一塊草地下湧了出來。

它們的行動緩慢，但是人多勢眾，雖然不知道力氣大不大，但光數量以及沒有理智這兩個優勢，就足夠讓人膽寒。

畢竟人對未知和難以掌控的事物，都存在著先天性的恐懼，就連我們這四個不算平凡的人都不能例外。

「究竟往哪跑才有活路？」楊俊飛也是怕得大腦短路，一個勁兒的不停問我。

我一邊跑，一邊不停地思忖著，隨後緩緩說道：「根據文獻，要形成蔭屍，對地理位置有非常苛刻的要求。這裡一定有一處養屍地，只要破壞了那些形成條件，這些到處遊蕩的東西應該也會徹底完蛋。」

從身上掏出黃憲村的地圖邊跑邊看，許久又道：「根據孫曉雪的說法，幾個月前他們那群人來的時候，村子並沒有異常。只是有個叫做趙因何的撿骨師，意外地在一個已經變質的墳墓裡撿出一具陽屍，以及那些青銅人頭像。

「頭像被這些死大學生從義莊裡偷走了，而趙因何和他的一個徒弟，不知道什麼原因死在義莊裡，而另一個瘋了。」

偏過頭，我望向孫曉雪，「妳還記得那個墳墓的大概位置嗎？現在也沒其他辦法了，只有賭一賭，說不定能在那個墳裡找出些有用的線索。」

孫曉雪跑得滿頭大汗，一聲不吭地點點頭，接著吃力地轉了個方向，帶著我們往村子外最高那座山的方位逃去。

月色很明亮，皎潔的月光幾乎成了我們唯一的照明。

孫曉雪明顯對那處地方深入的調查過，地圖也不用看，就很熟練地在田間小路上快跑。身後遠處，隱約可以看到影影綽綽的大量身影，正在向我們遲緩地追過來。

靠，看樣子，那群蔭屍是下定決心，非要把我們送上西天報到。

墳墓位於盆地正北面，那座最高的山峰底端，從這邊過去足足要跑半個多村子的距離，就算體力再好，也在這種高強度的運動裡變得氣喘吁吁起來，更不要說孫曉雪這個頭腦發達四肢無力的弱女子，很快她就捂著纖細的腰肢停了下來。

「我不行了！」她說道，「你們先跑吧，我留下來引開它們。如果見到趙宇那群王八蛋，記得幫我和孫敖報仇！」

「白痴！」楊俊飛瞪了她一眼，不動聲色地將她往肩一扛，像是搶了個押寨夫人。

花了足足二十分鐘，我們才到了那地方，只見不遠處果然有些坑，不，不應該說有些，而是許多，非常多，多得數不清。到底哪個坑曾經出土過那具陽屍，恐怕就算趙因何親自來也分辨不清楚了！

「這怎麼回事？」孫曉雪的聲音顫抖了起來。眼前的這幕確實非常驚人，無數的坑道縱橫交錯，每個坑都不大，但足夠將一個人埋進去。那些坑透著詭異，將周圍的氣氛渲染得陰森無比。

「果然是有些怪異的養屍地！」我從地上抓起一把土仔細看了看，然後觀察起地貌特徵。

「養屍地？你是說附近的活死人一到白天，就爬到這裡將自己埋起來，直到晚上才破土而出到處活動？」夜峰稍微有些驚訝，「夠壯觀的，不知道什麼原因，居然能讓整村的人都變成殭屍！」

「原因，恐怕就出在這塊土地。」

越仔細看，我的神情越凝重，隨後我指著山和附近的地脈解釋，「所謂的養屍地，就是指埋在該地的屍體不會自然腐壞，日子一久即變成殭屍的那種地方。想要用一塊養屍地養出殭屍，就需要選擇陰宅風水講求的龍脈穴氣，簡而言之就是葬穴的地氣。

「諸如『死牛肚穴』、『狗腦殼穴』、『木硬槍頭』、『破面文曲』、『土不成土』等山形脈相，均是形成主養屍的兇惡之地。但是這裡的地脈非常一般，土質也不見得含有特殊的物質。」

「不太懂。」楊俊飛撓撓頭，「說清楚一點。」

「白痴。」我不屑地道，「要知道古人乃至現今許多落後地區的人，都還認為人之血肉屬於人間，必須待其腐朽之後再正式埋葬，死者靈魂才能脫離屍身，進入陰間後投胎轉世。

「一般情況下，人的屍體埋葬在泥土裡很快就會腐爛。畢竟人體是由蛋白質、脂肪、碳水化合物和磷、鉀、鈣等組成的。屍體在土中經細菌破壞後，很快就會成為一種氣體揮發，剩餘物質也因各種化合物的脫離而腐爛，最後只剩下一堆白骨。

「而養屍地，它的土質相當陰寒，土色呈黑。如果是炙陽乾地，則只會讓屍體變為乾屍。因此懂得風水之人一般用地靈測其方位，或者簡單地以手指的觸覺，甚至乾脆用舌尖嘗試泥土來判斷。

「屍體只要埋入『養屍地』，由於土地膠質黏性和酸鹼度極不平衡，閉氣性良好，極不適合有機物生長，因此，棺木不會滋生蟻蟲、細菌等，屍體埋入後即使百年甚至上千年，屍身肌肉毛髮等也不會腐壞。這樣的屍體，民間認為很快就會變成殭屍了。」

我舔了舔嘴唇又道：「但這裡的地不同，看得出趙因何也稍微懂一點風水學。這裡的地脈地勢不屬於任何一種養屍地，正常得要命。但就偏偏是這種正常到根本不可能出殭屍的地方，竟然變成了養屍地，你們不覺得稍微有點古怪嗎？」

「這些東西我們都不懂，就你古靈精怪知道的最多，別吊胃口了，直接說你的想法吧，也不看看現在是什麼狀況。」夜峰皺起眉，一臉想抽我的表情，完全是對我善良高尚的性格充滿了懷疑。

我「哼」了一聲，繼續按照自己的思路講述，懶得在乎他們的想法，雖然那群蔭屍不斷逼近，但以那種慢吞吞的移動速度，要過來還是需要一點時間。現在是關鍵時期，自己隱隱約約猜到了某個點，某個可以打破現在僵局的，極度重要的點。

「如果我沒記錯的話，二十多年前，永安的羅坊鎮上，也曾發掘出過一塊古怪的養屍地，那裡還冒出了一具殭屍。

「當時在做當地民間葬俗的田野調查，一名幹部向政府報告說，這個鎮的後山有一處古墓，周邊農民經常前去燒香祭拜，極度封建迷信，影響村鎮發展。

「於是政府讓人揮鋤頭舞棍棒，幹勁沖天地將墳墓搗毀，並把棺木掘出強行撬開。只見棺內一具女屍兩頰紅潤如搽著鮮紅的胭脂，白森森的青面獠牙暴突在外，衣冠等飾物完好如新，從繡花罩被下露出修長的雙腿，腳上尖細的趾甲長短不齊地穿透三寸金蓮。

「大家驚呼，嚇得丟盔棄甲落荒而逃，後來，一位農民將屍體撿回家準備回葬，結果第二天卻被人發現死在家裡，那殭屍也不翼而飛！

「重要的是，其後有幾個當時風水學上的名家，偷偷去看了那塊地，居然發現那裡根本沒有成為養屍地的條件，就像現在的這塊地一樣，不但沒有形成條件，而且還根本就不可能形成。

「那塊地是『雙龍聚水』的格局，屍體一下葬，不用幾天就會被水化了。」我向四周望了望，「這裡的格局在風水學上也有『雙龍聚水』的上好地理環境，不可能養出殭屍。」

「你的意思是，這裡根本不是什麼養屍地？但這些洞穴怎麼解釋？」楊俊飛疑惑道。

「不，這裡確實變成了養屍地，只不過不是自然形成的。」我又在地上抓起一把土，「你看，土裡酸鹼度適中，水分很足，證明地下水非常豐富，但是卻沒有任何蟲子螞蟻存在，就連蚯蚓都找不到一條。

「這裡的地恐怕一直都沒有辦法種植，所以才把這塊看似肥沃的地方隔離出來，用到墓葬上。哼，既然不是天然形成的，就一定是人為的，用某種手法將周圍的地勢地脈全改變了，讓生物和細菌無法生存，活生生地弄出了一塊養屍地出來！」

「你們知道那些風水名家，最後在那個鬧殭屍的墓地下發現了什麼嗎？」我頓了頓，稍微觀察了下他們的神色，「是屍體，數十具陪葬者的屍體，那些屍體都十分怪異。用的是『黃金甕陪葬法』，那種陪葬法由於太殘忍，早就在唐朝時被禁止了。

「具體做法是選取五對年齡不超過七歲的雙胞胎，將他們統統養肥後，再從他們身上活生生地將肉一片一片割下來，直到只剩下骨頭，之後將屍骨全部放進陰濕的土裡埋著。

「三七二十一天後，這才挖出，用口將烈酒噴灑周邊以驅除惡臭，接著在油紙陽傘下用成卷粗紙，將分解屍體時手腳黏附的腐肉一塊一塊擦去。

「最後將基本弄乾淨的骨骸，先放髖骨、尾椎骨，接著把肋骨、腰椎、胸椎依次豎著往上排列，再接著用幾根帶竹芯的線，把所有的脊椎骨串起來，以免散亂。

「然後，再把腳趾骨、脛骨、腿骨和手指骨、橈骨、尺骨等依次放入，最後把頭顱放在最上面。如此，整副骨架就清清楚楚地分段疊放，裝入五個小小的『黃金甕』裡。

「之後再將那些『黃金甕』放在棺材下五公尺處，而屍體的內臟部分，則以劈碎的三百年棺木為柴薪，生火將內臟、衣帽、檅紙等物一併在墳墓上焚燒。

「濃濃的黑煙像巨大的柱子一樣高高升起，油脂撲鼻的惡臭連鳥獸都避之唯恐不及！透過這五對童男童女的怨氣，足以改變一小塊地方的地脈，也能保證棺材內的屍骨千年不腐，而且也極大的減少了屍體變成蔭屍的可能性。

「我覺得，這塊地裡可能也埋藏著某個和『黃金甕陪葬法』有相同妙用的東西！

「注意，我只是說那東西和黃金甕陪葬法有相同的妙用，並不是說就是用那種方法。」我望了望四周：「究竟是怎麼回事，要看到後才能稍微清楚。」

周圍的三人正在努力地消化我所傳遞的資訊，還好大家都是聰明人，就算不太懂，也大體清楚現在應該做的事。

楊俊飛首先道：「你認為，那個東西是什麼？」

「不知道，但應該不是平常的東西，說不定一眼就能看出來。不過就是不知道是埋在地下，還是聳在地上，大致方位我倒是能稍微猜出來。」

我向那座高聳的山峰望去，「這座山坐北向南，如果要改變地脈的話，在風水學上，東西應該擺在西邊，範圍也不會太大。總之就在那群蔭屍挖出的坑洞邊緣附近。」

「分頭找，找到了就聯絡。手機不通，用對講機。」

夜峰言簡意賅，一人發了一台對講機，然後拔腿就向西邊跑。我們三人對視一眼，點點頭，也找了過去。

蔭屍，雖然步伐緩慢，卻越來越接近了……

第八章 DATE：五月三十一日凌晨五點一十七分 鎮墓獸

據說後悔是一種耗費精神的情緒，是比損失更大的損失，比錯誤更大的錯誤，所以千萬不要後悔。

也有人說，世界上絕對沒有絕對的事情，其實這句話就是一種絕對。

突然想起了一個哲學故事，說的是一隻小鳥飛到南方去過冬，天很冷，小鳥幾乎凍僵了。於是牠飛到一大塊空地上。

一頭牛經過那兒，拉了一堆牛糞在小鳥的身上，凍僵的小鳥躺在糞堆裡，因為很溫暖，小鳥漸漸甦醒。牠舒服地躺著，不久乾脆唱起了歌。

一隻路過的野貓聽到聲音，走過去看個究竟，循著聲音，野貓很快就發現了躺在糞堆裡的小鳥，最後把牠拽出來吃掉。

這個故事明確地告訴了我們一個非常精闢的生存之道：不是每個往你身上拉大糞的都是你的敵人，也不是每個把你從糞堆裡拉出來的人都是你的朋友。還有，當你躺在糞堆裡時，最好把你的嘴閉上。

很好，我就在不遠處的糞坑裡發現了某些東西，某個非常怪異，應該不屬於這個時代的東西。它不知為何被人扔在已經廢棄的糞坑裡，雖然坑裡早就沒有糞便，那東西就孤單地聳立著，透出無窮的詭異。不過，也確實合襯了閉嘴的哲學思想。

或許，撿到寶了！

我猶豫著是不是應該跳下去稍微清楚地觀察一下，但心理作用太強烈，怎麼樣就是覺得臭。於是我打開對講機，將所有人叫過來。

不久後四個人全聚在糞坑前。

「我有發現。」我指著糞坑裡的東西大聲道。

「那什麼玩意兒？」其餘三人集中注意力望過去。

那是一尊高達兩公尺半的青銅像，長期浸泡在糞水中，早就生出了一層顏色噁心的鏽。楊俊飛顯然不知道糞坑是什麼玩意兒，縱身跳下去，用衣服將那東西勉強擦了個乾淨。

只見那青銅像面孔猙獰兇惡，頭頂上張著一顆凸出的獨目，面似馬頭，粗頸，雙翼欲張，長尾上揚，肢體長得如同人的手腳，前肢伏地，後肢彎曲，像是準備躍狀，顯得強悍兇猛。

但是看起來，並沒有太多魚鳧時代的特點。深眼窩，大鼻，嘴微張，裸體，看不出來究竟在描繪什麼生物。

「怪了，魚鳧時代對太陽神的信仰極為虔誠，他們相信人類的眼睛就是人身上的日月，因此許多眼形器物都體現了對太陽的崇拜，人體前額有直立獨具隻眼的天目和慧眼，就連銅面具額上空格也是留來嵌天目的。

「但這上面卻沒有，銅像上透露出的信仰模糊不清，說不定比魚鳧王朝的年代更久遠。」我奇怪道。

「但應該算是一個系統的文明。」楊俊飛打量了許久後，也做出了評價。

「你看，青銅獸上特別誇大和神化了這些人類的手腳，一雙超過比例一倍以上的手，和手上兩根小指翹起，像是在做手勢的形態，這些對手的崇拜都是古蜀國獨有的信仰。這可能製造於伯灌甚至蠶叢時期吧。」

「有可能。」我點點頭，正準備繼續評頭論足，一旁的孫曉雪實在忍不住了，狠狠在我背上擰了一把，「各位大人，那些殭屍已經快要近得能抬著我們回老窩生火加菜了，你們能不能把這玩意兒搬回家以後再分析！」

我抬頭一看，果然，那些活死人已經遠遠地圍了過來。麻煩！不管了。

我跳進坑裡，用力踢了那尊雕像一腳，「說不定罪魁禍首就是這玩意兒。」

「這究竟是什麼東西，居然有那麼大本事，竟然能把地脈磁場都改變了！」夜峰疑惑地問道。

「這在一般意義上，叫做鎮墓獸。」我沉聲答道。

「鎮墓獸？」三人不約而同地發出驚叫，然後搖頭表示不懂。

就知道這些人沒文化，我稍微有些得意，善良的在這種危急時刻替他們補充知識，「鎮墓獸是古代人們想像中的驅邪鎮惡之神，人們將它塑造得猙獰兇惡，存放在墓葬中，用以保護死者靈魂和守護隨葬明器的作用。

「從歷代喪葬禮儀和隨葬習俗來看，死者的亡靈在地下追求的標準是很高的。他們希望升天成仙，更希望能夠繼續享受在人世間的榮華富貴，還希望死後能夠有東西保護亡靈的安寧，而古人深信死後，地下亡魂確實會受到鬼魂等怪物的侵害、滋擾。

「早在原始社會，『圖騰』是當時人們心目中最高的崇拜者，作為不可戰勝的神物，死後殉葬墓中，期盼著保佑。像秦始皇的兵馬俑，也是一種變相的鎮墓獸！」

我戴上手套，敲了敲鎮墓獸的外殼，「不過說起來，這玩意兒應該不算真正的鎮墓獸，頂多算是它的前身。它以前應該不是在現在的位置，可能有人在幾年幾十年，甚至幾百年前將它挖出來，最後卻又不知什麼原因被扔在糞坑裡。」

「真的是這東西改變了附近的地脈？」楊俊飛狐疑道。

「我也不清楚，不過，附近只有這東西有古怪，也只能試試看了！」瞥了瞥已經近在咫尺的蔭屍，我苦笑道：「就賭一把吧。」

那些蔭屍緩緩地將整塊養屍地都圍了起來，密密麻麻的，根本就數不清究竟有多少。它們面孔猙獰，渾身透著陰森的氣息，在夜色裡忽隱忽現，令人不寒而慄，逼得還站在上邊的孫曉雪和夜峰兩人朝糞坑裡跳。

沒多久，那些蔭屍就要接近到糞坑的邊緣。

「賭贏的話那些東西都會完蛋，如果不幸輸掉了，嘿，還是各聽天命的好。」我的苦笑更濃烈了，從旅行包裡拿出槍，往每人手裡發了一把。

「如果毀了這個還沒效，我建議大家開槍自殺，總比被那些人不人鬼不鬼的東西，將肉活生生從身上撕扯下來，凌遲到死好受得多。」

所有人都面色凝重地接過槍，沒有一絲猶豫的感覺，想來是下定決心，做好最壞的打算。

楊俊飛自稱是爆破能手，他稍微一計算，就將高價弄來的塑膠炸彈，貼在青銅鎮墓獸的幾個點上。

又算了算時間，等他大喊一聲「跑」的時候，我們奮不顧身地飛快爬上糞坑，逃命似的衝進了蔭屍堆裡。

打活人沒辦法，殺個把死人我是沒什麼心理負擔的，抬起衝鋒槍就朝前掃了一排子彈，然後迅速地趴倒在地上，只聽見一聲巨響，整個地面似乎都晃動了起來，強大的氣流將附近的蔭屍狠狠拋出去，頓時形成了一塊不太大的橢圓形空白地帶。

等了好幾秒鐘，我才稍微抬起頭，將臉上的土抹開。只見不遠處的蔭屍一個個從地上掙扎著站起來。

「靠，倒楣，看來賭錯了。」我有點不甘心地抄起衝鋒槍，狠狠地朝那些活死人開火。不知道是子彈打痛了它們，還是某些天時地利人和綜合起來的諸多原因，所有的蔭屍都淒慘地叫起來，仰天嚎叫，如同承受某種撕心裂肺的疼痛。

就在這時，異變突生。

那些吼叫著的蔭屍一個個站起來又滾倒在地上，肉體迅速崩潰，黯淡的血肉彷彿被無形的力量撕扯開，一片接著一片地掉落在地上。那種上千個未知生物同時慘叫，捂著腦袋翻滾的景象，確實雄偉壯觀，但更多的是令人感覺極度噁心。

骯髒的黃水帶著沖天的腐臭，渲染在四周的空氣裡，黃水流乾淨以後，蔭屍變得乾扁，套在身上凌亂破損的衣物也塌陷下去，最後所有的骨頭都化成沙子，被噁心惡臭的黃水染濕的黃沙。

目瞪口呆地看著眼前驚人的一幕，我們幾人許久都沒有回過神來。許久，猛地聽見一陣嘔吐聲，這才麻木地轉動僵硬的頭，條件反射似的望了過去。

孫曉雪蹲在地上，捂住自己的細腰猛力吐著，想來昨天的晚飯連帶幾天分泌的胃酸，都貢獻進土裡。

「好噁心。」她擦著嘴評價道。

楊俊飛呆呆地用手撈起一把黃沙，湊到眼睛下仔細觀察，依然一副難以置信的神色。我打開手電筒向糞坑的位置照去。這一看，驚訝得整個人都傻了。

糞坑以及周圍五公尺的範圍內，竟然全被染成一片墨綠。那層墨綠散發著驚人的不知名惡臭，甚至將黑土都腐蝕得冒出了細白的青煙。

「這又是怎麼回事？」夜峰覺得自己幾乎要麻木了，今晚怪事層出不窮，比自己活一輩子聽到的怪異事件都還要多。

「或許是魚鳧時期的一種巫術。」我戴上防毒面具，蹲下身研究了一陣，「那個青銅鎮墓獸根本就是個容器，為的就是用來盛放這些墨綠的液體，就是不知道是由什麼成分組成的。」

我掏出玻璃瓶準備拿一點回去讓二伯父研究研究，沒想到瓶子一碰到那些液體，就如同遇到高溫似的，熔成了透明的流質。

「去！腐蝕性居然那麼強，就連玻璃這種中性物質都能熔化，真不知道古代人是怎麼造出來的。」我嘆息，古代人的智慧果然令現代人汗顏。

不得不說，從前的技術確實有許多比現今好上數十倍，甚至有些失傳的東西，根本就是現代的科學也不能製造甚至解釋的。

忙活了好一陣子，太陽，終於緩緩出來了……

※　※　※

DATE：五月三十一日早晨十點二十二分

黃金杖，用純金捶打為金箔而成，長一百四十二公分，重四百多公克，一九八六年於四川廣漢三星堆遺址一號祭祀坑出土。

通體用金箔包捲而成，其上端有四十六公分長的平雕紋飾圖案，包含了人物、魚鳥和箭等。

圖案分三組：最下一組為前後對稱的人頭，人頭上戴冠，耳飾有三角形耳墜。前後人頭上下各有兩周線紋，人頭間用雙鉤形紋飾相隔。

上端的兩組圖案相同，下方為兩背相對的鳥，上方為兩背相對的魚，在魚的頭部和鳥的頸部上壓有一支箭，似表現鳥馱負著被箭射中的魚飛翔而來。

我站在旅館裡，手中正拿著這根黃金杖一邊欣賞，一邊向那群文盲解釋，「這些用雙鉤手法雕刻出的魚、鳥、神人頭像和箭等圖案，大概的意義是，在神人的護佑下，箭射中魚，鳥又馱負著魚歸來。

「這是一柄權杖，同時又可看作是具有巫術能力的魔杖。傳說蜀的國王魚鳧是以漁獵著稱，因而後世尊奉為神，這柄金杖就是他施展巫術，集中權力的東西。

「最重要的，這是國家一級文物，如果盜賣出境的話，錢可能賣不到幾個，不過小命倒肯定是會沒有的。」

「這就是魚鳧王的黃金杖？怎麼和我在三星堆博物館裡看到的不太一樣？」楊俊飛搶過去仔細打量了一番，發表了自己的疑惑。

「孤陋寡聞，博物館裡展出的全是些仿製品，真品都放在保險箱裡。你這傢伙偷雞摸狗那麼多年，案子也做了不少，怎麼連這些淺顯易懂的道理都不明白！」我諷刺道。

「確定這是真貨？」他似乎對夜峰不怎麼放心。

也對，就連我自己都對這個表哥不放心。畢竟讓他偷國寶，還不如乾脆要了他的小命。

但這件一級國寶，卻真真實實地躺在我們的眼皮底下，而且我剛才還細心地檢驗過，絕對是真貨。怪了，難道他轉性了？不對，一定是那傢伙別有門道，能兵不血刃地將東西拿到手。

有趣，就是不知道他用的是什麼辦法。不過，虛心求教就免了，以他那種尖酸刻薄又小氣的怪脾氣，絕對不肯透露的。

「對，我就是尖酸刻薄又小氣，脾氣又怪。放心，你比我也好不到哪裡去。」夜峰顯然從我的神色上看出了我的想法，哼了一聲，「趙宇那群人在哪裡？」

「不知道，明明說好昨天集合。結果半個人影也沒看到，說不定被那些蔭屍生吞了！」我尷尬地嘆道。

楊俊飛笑起來，「恐怕沒那麼簡單。那群人顯然都有一些人類沒有的能力，說不定就是手上的青銅人頭像造成的。要死沒那麼簡單。」

「你是說青銅人頭像可以引出人類的潛能？」我皺眉，「但為什麼到了我們頭上就變詛咒？」

「你不是早有猜測了嗎？還裝傻。」楊俊飛瞪了我一眼。

我乾笑了幾聲，「重在交流嘛，畢竟這個想法太驚世駭俗了，平時想都不太敢想。」頓了頓又道：「我個人覺得，恐怕趙宇在得到藏寶圖時，就發現了引出禮器上神秘力量的方法。

「然後他隨機找了兩個夥伴幫他，一個是李睿，另一個是彥彪，都是窮凶惡極的變態殺人犯。他透過青銅人頭像順利引出了那兩人的某些潛力。

「根據表哥的遭遇可以知道，李睿能讓人精神放鬆，達到催眠甚至無條件信任他的效果。而彥彪擁有能將意識潛入人的大腦皮層，操控別人作他可以掌控的夢。至於趙宇，他隱藏得太深，能力尚不得而知。」

楊俊飛點頭表示贊同，補充道：「那天晚上我們之所以沒有中李睿的道，或許是因為身上有人頭像，也或者是中了詛咒的緣故。總之可以肯定的是，他們的能力對我們三人無效。但夜峰就稍微有點危險了。」

「沒關係。」夜峰顯然毫不在意，「如果我被蠱惑的話，不是還有三個清醒的人嗎？趙宇那群人和我死表弟一副德行，都是手無縛雞之力的無聊人士，到時候楊俊飛這個蠻橫的練家子撲上去，幾秒鐘將他們搞定就行了。」

看不出來，表哥還有點幽默感。

「好辦法，再來就是寶藏的位置……」我敷衍地點頭，正準備將孫敖偷偷影印的藏寶圖拿出來，突然看到遠處竄起了一絲火光。

是煙火，非常廉價的煙火，煙火在青天白日的天空上爆開，散發出火紅的顏色，老實說，很不好看。

我們四人對視一眼，心裡非常明白，趙宇那夥人雖然遲了一天，但終於和我們聯絡了。

※　※　※

DATE：五月三十一日早晨十點五十一分

趙宇三人揹了幾個輕便的小包，正坐在田坎上放煙火放得開心，我們很快就順著指引趕了過去。

孫曉雪憤恨地站在離他們不遠的位置，彷彿在考慮該怎麼將那混蛋置於死地。

而夜峰就乾脆得多，他掏出槍指著他們，咬牙切齒地道：「趙宇、彥彪、李睿，你們被捕了。乖乖地和我回去。」

趙宇等人絲毫不慌張，像是早預料到這種情況，只是看了我一眼。我慢悠悠地席地而坐，冷眼看著這兩夥人的安靜對峙。

許久，楊俊飛才打破沉默，「黃金杖偷出來了，我們也來了。我們來談談具體的合作項目吧。」

趙宇仍然一眨不眨地望著我，緩緩道：「有人拿著槍逼別人誠信合作的嗎？」

「你們恐怕也不在乎吧。」我淡淡笑著，「我看過那張影印的藏寶圖，不過即使按照上邊標明的寶藏位置去找，恐怕也是一輩子都找不到。那張原版上應該有一套特殊的辨識方法，能不能把原版借我看看？」

「沒問題。」他豪爽地從背包裡掏出藏寶圖，扔了過來，「相信聰明人都不會幹過河拆橋這種蠢事吧。不是我吹牛，地圖上確實有一種特殊的辨識手段，不過，至今只有我一個人看得懂。撇開我，你們永遠都找不到寶藏的大門。」

「哼，什麼鬼寶藏，不過是比較大的墳墓罷了。」孫曉雪冷哼了一聲，「為了這些，你居然能殺死自己最好的朋友，你這混蛋根本不是人！」

「嘿，我早就不把自己當人看了。」

趙宇絲毫沒有生氣的跡象，反而不緊不慢地說道：「那地方雖然真的是一處墓葬，不過，隨便出土的幾樣東西都帶著神秘的能力，你們不好奇嗎？那座大墓裡究竟還有什麼未知的東西，一想到就覺得心裡癢癢的，實在太讓我期待了！」

「這算是你們殺人的理由嗎？」夜峰冷冷地道，「瘋子！」

「我可沒殺過人，自始至終都沒有。」趙宇笑著指了指身後的兩人，「所有人都是他們殺的，我可是善良的普通市民，就算有錯，也不過是知情不報這種無關緊要無傷大雅的小錯吧！」

「孫敖就是你親手殺的吧！接到報警電話趕過來的兩名員警也是你殺的？」夜峰的表情越來越冷。

趙宇依然臉上帶笑，「你有什麼證據？」

夜峰猛地哽住了，一句話都說不出來。確實，至今為止，警方都沒有找到他任何的犯罪證據，就算抓起來，也不過關押四十八小時而已。靠，果然是個狡猾的混蛋。

我安靜地看著，終於，忍不住笑了起來，「懂了，我終於明白你從青銅人頭像上得到了什麼能力——絕對的冷靜和高智商，以及自信。嘿，這玩意兒真是些好東西，居然能把一名再平凡不過的死大學生變得無比成熟老練。」

趙宇的笑戛然而止，眼中有一絲驚詫飛快地閃過，許久才嘆息道：「你才是真本事，就算我得到再高強的能力，畢竟也比不過先天的能力。嘿，佩服，有你加入，這個遊戲就更有趣了！」

「不好意思，我還沒有答應要跳進你的遊戲裡。」我淡然道，「你還不夠資格。遊戲雖然是遊戲，不過規則，一向都掌握在我的手心裡。」

趙宇嘴角劃過一絲嘲笑，「哦，不知道你準備在我的遊戲裡定什麼規則？」

「不多，也不太繁瑣，不過足夠有趣。」我的視線從地圖上抬了起來，然後死死地望著他，「如果我告訴你，你這張寶貝地圖的秘密已經被我搞清楚了。你覺得有趣嗎？」

「當然有趣，不過得要是真的才有趣。」趙宇的臉稍微抽搐了一下，接著大笑起來。

「那本帥哥就拋磚引玉，稍微分享一下自己淺薄的見解。」我微微一笑，「知道紹興柯岩街道一個叫項里村的地方嗎？那裡一直流傳著一個關於項羽寶藏的傳說，而找到寶藏的關鍵就是破譯項羽於江東起兵前夜，在項里村村東草灣山上所刻下的神秘字元。

「據說，那些字元就是一張藏寶圖，誰能破譯這個字元，誰就能找到項羽當年埋下的十二面金鑼。可惜一直以來沒人能破譯神秘字元，關於寶藏和字元的傳說，成了紹興當地一大謎團，無人能解。

「如果是其他人，或許永遠也不清楚裡邊的門道。不過我有一個考古學的伯父。他很出眾，也對那些字體有自己的研究。不巧，那些字我也看過，都刻在一塊青石上。

「那塊青石長約三公尺，寬約一公尺，四周圍長著雜草，表面粗糙，雖經過風吹雨打，但字元卻依然清晰。字刻入的深度六到七公分，筆劃橫直，形狀方正，顯然是人工雕琢。字元樣式古樸，不似篆文，也不似金文，反倒像是一幅地圖的指引。」

「嘿，這個典故和現在的魚鳧寶藏有什麼關聯嗎？」趙宇見我沒有邊際的大談項羽寶藏，有點摸不著頭腦。其實非但是他，所有人都豎起耳朵好奇地想聽出個所以然來。

我笑起來，「慢慢聽，當然有關聯，而且有關聯的地方很有趣。其實我也研究過那個寶藏，非常不幸的是，我確實研究出了點東西。」

「根據《史記．項羽本紀》上記載，項羽因叔父項梁犯下命案，兩人一同前往吳中避難，還曾在會稽一帶生活過一段時間。在紹興當地的傳說中，有許多都對項羽和項羽寶藏的事情，有過詳細的描述。

「其中最可信的一個說道：『項羽為避難，在項里村一帶隱居，得當地村民庇護。此後項羽募集八千江東子弟在附近練兵，鑄十二面金鑼日夜操練，金鑼質地百分之八十為金，百分之二十為銅，價值不菲。起兵前夜，項羽為報答村人，命士兵在附近連夜埋下十二金鑼，並在草灣山上刻下指引找到那十二金鑼的字元。』

「但是兩千餘年來，時時有人在山上發現該字元，但至今沒有人能解開字元的含義。還有傳說，明末清初的紹興著名學者張岱曾在草灣山一待數月，意圖解開字元之謎，但終究未能如願。乾隆遊會稽時聽聞該傳說，曾特意到項里村附近查訪，但最後仍是失望而歸。

「這就奇怪了，如果項羽真要報答村人，何必這樣故弄玄虛呢？當時我蹺課在紹興那一帶調查研究了接近一個月，最後終於有了發現。

「具體情況稍微有點不好意思說出口，總之你們要知道，現在那十二面金鑼已經放在我家的保險櫃裡了。而在發現那些無聊的金鑼的同時，我還順便發現了一些小玩意兒。」

舔舔嘴唇，滿意地看著那群驚訝到滿臉呈現白痴相的人，頓了頓，讓他們稍微消化一下。

「但，這還是和魚鳧的寶藏扯不上關係。」楊俊飛顯然已經陷入我的故事裡，腦子明顯變笨了。

「不要急，等下就有了。」我緩緩地道，「要知道，在古代文字一直都是掌握在官方手上，民間的記錄文字和官方的在很多時候，其實是兩種字體，可以解釋為，官方文字其實就是加了一層密碼，沒有特定的解密文對照，根本就沒辦法讀。

「嘿，我發現項羽的寶藏時，也連帶發現了項羽當時用的密碼文和解密本。不過，他用的文字實在太特殊了，就連我看到時，大腦都停頓了零點零一秒！」

「他用的該不是魚鳧文字吧？」夜峰眼皮一跳，神色間難得地浮現一絲激動。

「或許是吧，總之秘密就在這裡。」我吐了一點唾液在手掌上，然後猛地抹在整張地圖上，被水濕潤的古舊地圖緩緩地變得透明，並浮現出了一條條紅色的脈絡，以及一些形象怪異的符號文字，頓時，趙宇的臉色變得慘白。

我暗自鬆了口氣，居然賭對了。我表情沒有絲毫變化地繼續說道：「嘿，以前的考古學家在三星堆遺址沒有發現可以辨識的文字，只發現了一些類似文字的神秘符號，這些符號與四川、重慶等地發現的符號一樣，最後被並稱為『巴蜀圖語』。

「在巴蜀文化晚期的圖形符號中，面具紋、神樹紋、眼形器紋、手形紋、心形紋、璋形紋、戈形紋等，基本上都帶有『薩滿教』的原始巫術色彩。

「根據研究，這些符字不能一個符號、一個圖形地宣讀，只有當這些圖形符號構成一組特定的『巴蜀圖語』時，它們才具有意義，並且這種意義只有當事人才能解釋。

「其實，這些都是些屁話。古巴蜀早就有了成系統的語言，只是他們搞不懂罷了。」我撇了撇嘴。

「不知為什麼，遠在紹興起家的項羽，居然能得到那份古巴蜀圖語的語系字典，而且還全都有正確的解釋。那傢伙可能為了圖方便，乾脆拿來當官方語言。」

我看著地圖上浮現出來的字，唸道：「哼，這些圖語的意思，大約是講，墓葬處在環繞盆地的最高主峰之巔，而紅線就是進入墓葬的路徑和提示。」

趙宇呆呆地坐在地上，整個人都癱軟了下去，許久，才有氣無力地道：「你贏了，抓我回去吧。」

說著將雙手向上抬了抬。

早就忍耐不住的表哥以及已經憋了很久的孫曉雪見狀，似乎覺得逮到了機會，一個想抓人，一個想殺人，很快就朝那傢伙靠過去。

我突然有種不祥的預感，連忙大喊了一聲，「不要過去，趴倒。」

就在這時，異變突生。

一道強如十枚強烈閃光彈爆破的白色刺眼光芒猛地亮起，緊接著又一陣轟隆隆的連環爆炸聲，似乎有大量的煙霧冉冉上升，瞬間充斥在方圓二十公尺的範圍內。

煙霧帶著強烈的催淚效果，我急忙屏住呼吸，從包包裡掏出防毒面具，飛快地套上。折騰了好一會兒，煙霧才消散，眼睛也漸漸擺脫強光的影響，隱約能看清周圍的形勢。

只見楊俊飛仆倒在我身旁，而夜峰非常紳士地將孫曉雪壓在自己身下，還好他們雖然鹵莽，但警覺性還有，聽到我大叫就立刻朝地上趴，所以沒有任何人受傷。

只是，趙宇三人早就不知了去向，而剛才還緊緊拽在我手中的藏寶圖也不知所蹤。想來是早有準備，趁著我掏防毒面具時偷回去的。不過幸好，黃金杖還好好地放在我壓在身下的包包裡。

「靠，居然被擺了一道。實在是太疏忽，小看他們了。」我臉面無光，稍微有點尷尬地道。

「我也沒想到他們會用這種陰損的招數，顯然早就計畫好了逃跑的辦法，一見不對就開溜。」楊俊飛很是不爽，陰溝裡翻船的滋味讓他恨得咬牙切齒。

孫曉雪面無神色地拍了拍身上的塵土，沒有說話，只是望著最高的那座山峰。

夜峰也從地上坐起來，呆呆的，不知道在想什麼。

我咳嗽了一聲，「還會碰到他們的。那些傢伙雖然偷了藏寶圖，但那張圖上所有的細節都完整的被我記在了腦子裡。」

我用手指了指頭，「至於能不能捉住他們，就要看各位的本事了。大家都是聰明人，當然很清楚對方的打算。」

「沒錯。」楊俊飛惱怒地將一匣子彈用力裝進衝鋒槍裡，似乎在發洩鬱氣。

「他們沒有打開墓葬的能力，顯然是想躲在暗處，在我們身後找機會撿便宜。哼，我們的便宜是好撿的嗎！那些龜孫子，給我都小心點。只要一大意，不要怪爺爺我斃了那些孫子！」

哈，這位都開始冒充爺爺了，果然火氣不小。

「不過他們利用人也利用得太粗糙了，居然這麼明顯。」我從地上撿起趙宇那幫人逃跑時「不小心」遺留下的背包，裡邊赫然放著兩個青銅人頭像。

「你們看，開門用的東西全都送到了我們手上，真是些細心的好人。說起來，真沒想到，根據地圖上的標識，開門的鑰匙居然不是黃金杖，而是那六個人頭像。果然是造化弄人，我們全都猜錯了！」

孫曉雪不置可否，只是從我的旅行包裡揀了一把適合女士用的手槍，然後細心地檢查起裡邊的子彈，然後抬頭問：「夜不語，你說一個人要挨上幾槍，才能達到就算非常痛苦，也一時間死不了的境界？」

「我不清楚，妳問我旁邊的那位行家。」她話語裡那種若有似無的寒意，讓我打了個冷顫，急忙打起了太極。

她的眼神立刻轉到了楊俊飛身上，這位天不怕地不怕的爺忍不住也抖了一下。

夜峰皺緊眉頭，一把將槍從她手上搶過來，「女孩子家用什麼槍，打打殺殺的有我們三個就足夠了。還有，那三個人一個都不准殺，他們都是我的，他們的罪自然有法律來懲罰！」

「法律。」孫曉雪慘澹地笑了笑，搖頭不語。

謎底終於到了要準備揭曉的一刻，我們再次整理準備帶上的裝備，然後依靠我的記憶，向地圖紅線所標明的位置走去……

只是等待我們的，又將會是什麼恐怖神秘的東西呢？

第九章 DATE：五月三十一日中午十二點零三分

一路上陽光明媚，應該是遊玩踏青的好日子，而且沿路的風光確實很好。可惜一行人卻沒有任何欣賞的心情。沒人說話，周圍的氣氛實在很壓抑。

紅線的開端是在山腰的中段，用隨身所帶的衛星地圖稍微比對了一下，才發現直線距離雖然短，但沒有路可以通過。真的要走上去至少也需要三天。

藏寶圖上分明有一條很隱蔽的路。不過也對，如果真沒有路的話，那座墓穴又是怎麼修建起來的？

那條古舊的路很順利地就被找了出來，凹凸不平的石子和黃黃的泥土，甚至還有許多廢棄的石料。那些石料上有著粗糙硬物雕磨過的痕跡，一塊大概有半噸重，也不知道怎麼運上山頂的。

那段路很寬，大概有十幾公尺，向遠處的密林裡蜿蜒扭曲，蛇一般的向外延伸。幾千年的歲月過去，雨水的折騰早就將路面風化了大半，但怪異的是整條路上始終看不到一根雜草，光禿禿的，彷彿昨天才除過草似的。

我們幾人嘖嘖稱奇，楊俊飛甚至彎身抓了一把黃土，在手裡仔細觀察。

「怪了，這方圓百里地的土質都很好，全是肥沃的黑土地，哪來的這麼多黃土？」我詫異地也抓了一把土把玩，湊到鼻子下邊聞了聞，有些腥臭，似乎泥土裡混雜著某些東西，像是破碎的貝殼。這種情況倒是有點似曾相識的感覺。

略微想了想，我的臉色頓時一變，瘋了似的開始在大路中央挖掘起來。

「發生什麼事了？」其餘三人大惑不解，奇怪地問道。

「都給我挖。」我言簡意賅，嫌手挖不易，乾脆從背包裡，掏出偷雞摸狗盜墓挖掘必備的折疊形洛陽鏟，大面積地開挖。

雖然他們不太明白我的舉動背後的意思，不過都學著我行動起來。

當不算太鬆軟的黃土被挖開約一公尺深時，孫曉雪突然嚇得往後一跌，重重地坐倒在地上。雖然痛，但她根本沒有顧及臀部，反倒條件反射地緊緊捂住了雙眼。

呆呆望著坑中事物的我們一聲不響，只是視線死死地望著，震驚的腦子一時間沒有了反應。

只見坑底，密密麻麻、橫七豎八地任意扔著大量的人類頭顱，並不像秦始皇陵墓裡那些萬人坑中的陪葬品，這裡只有頭骨。白森森的，經過了幾千年的歲月依然保持著鮮亮的狀態，彷彿才下葬一般，看得人通體透出一股令人震懾的寒意。

楊俊飛想了想，跳下坑仔細觀察後，才說道：「這些頭骨明顯是趁著人還活著時，活生生砍下的。而且你們看，若是自然腐敗，肉不會分解得這麼乾淨，這些頭顱必然還進行過再加工處理，讓骨與肉徹底分離後才埋到地下的。」

他又望了望我，問道：「你怎麼看？」

我思忖了半晌，緩緩道：「記得在河北省易縣燕下都遺址城南二點五公里處，有十四個高約十公尺，直徑達幾十公尺的圓形夯土墩台。

「前些年透過對部分墩台的挖掘，考古專家發現其中均埋葬著大量人頭骨，而且距今約有兩千多年了。專家鑑定，這些人頭骨屬於二十至三十歲的青壯年男性，應該是當時戰敗者的首級。

「據說這十四個土墩是西元前二八四年，樂毅伐齊大勝時，從戰場帶回的齊軍首級。也有專家說這是西元前三一四年燕國『子之之亂』受害者的首級，當時的內亂使燕國死傷幾萬人，後來有人將被砍殺者的頭顱埋在一起，形成了現今的『人頭墩』。

「但當地有另外一種說法，那個故事裡說，樂毅為了獲得勝利，聽取了國師的建議，冒險使用了一種巫術。

「那種巫術的效果如何傳說裡沒有，只流傳樂毅命人將所有的齊國俘虜，全殺了個乾淨，然後造了十四個土墩行法，結果齊軍突然產生了極大的混亂，令其有機可乘，大勝而歸。」

我的視線再次飄向了那些頭骨，「古蜀國也有相類似的巫術，根據文獻記載，伯灌時期曾有一種水，能夠腐化一切。但那種水必須要用活人的頭部肌肉做藥引。「作為藥引的死人稱為『人蟲』，由於死得非常淒慘，死後怨氣極重，而他們的身體必須被火化，頭骨必須埋在夾雜了貝殼的黃土中。」

頓了頓我又道：「或許那尊青銅鎮墓獸裡盛放的墨綠液體，就是那種能夠腐化一切的水吧！而這也能順便解釋為什麼這條路寸草不生了。說不定這條路上真的有古怪，人走久了或許有危險，我們盡量走在有草的地方。」

說完繞開大路，踩在左邊茂密的草叢上。

就這樣走了幾乎一個下午，那條彷彿沒有盡頭的道路才漸漸變窄，最後在一道筆直的石壁前唐突地消失不見。

我們一行四人片刻不知所措，孫曉雪非常直接，用手摸著那道高達百公尺的山壁，許久都看不出個所以然，最後乾脆一腳踢了過去。

我、楊俊飛和夜峰微微搖了搖頭，開始打量起這看似天然，事實上也根本就是天然石壁的周圍環境。

這裡的地面稍微下凹且呈輻射狀，像個不大的隕石坑。只是附近沒有別的路，四周都被原始狀的植被覆蓋得嚴嚴實實，根本就找不出墓葬的入口。

猛地想起了藏寶圖上的標識，我連忙道：「找找這個坑附近，有沒有人工雕琢的石墩石座什麼的，應該有六個。」

果然不出所料，那六個關鍵的地點確實存在，而且很快就被找了出來。居然全都圍繞在這個圓形坑洞的周圍，形成了一個標準的橢圓狀。那都是些石墩，每個石墩上都有一個向下凹進去的圓形孔。

看過原版的藏寶圖後果然省時省力許多，我胸有成竹地根據石墩上的底座花紋，將六個造成了許多人死亡的青銅人頭像，小心翼翼地放了上去。

所有人都死死地望著石壁，但沒想到那座堅硬的天然屏障居然許久都紋絲不動，沒有任何作為墓葬壁壘的自覺。

怎麼回事？難道這機關年久失修早就失去了功能，還是說，我們自始至終都被趙宇那行人耍了，他們其實別有其他目的，某些我們根本就沒有猜測到的目的？百思不得其解的我用手撐住腦袋冥思苦想。

孫曉雪突然拉了拉我的衣服，「小夜，你有沒有聽到什麼聲音？」

「什麼聲音？」我抬起頭心不在焉地反問。

「總之有些奇怪的聲音，好像是從我們腳下冒出來的！」她小聲說道。我側耳仔細一聽，果然稍微能分辨出下方確實有點聲響，而且由遠至近，越來越清晰。

「不好，快……」「跑」字還沒有叫出口，整個直徑達五公尺多的圓形凹地，猛地全部崩潰，地面飛快地往下陷落。

所有人都沒有倖免，身體一歪，毫無平衡可言地直直向下摔落。不知道就這樣自由落體了多久，總之我的身體親密地和地面接觸後，老老實實地暈了過去。

※　※　※

不知道過了多久，我才緩緩轉醒。抬頭看了看，塌陷的地方足足有三層樓高，如果不是身下的土質鬆軟得不成樣子，早就沒命了。透過那方洞口，可以看到天幕上點綴的點點繁星，原來已經晚上了！

我掏出手電筒四處打量，這個地方非常空曠，彷彿是在山腹中。

空洞呈不規則形，最長的地方達兩百公尺，雖然牆壁上有人工刻鑿過的痕跡，不過顯然不是透過人力硬生生在山腹內挖掘出的。

這種規模的挖掘，就算是現在都需要強大的工程技術，更何況是三千多年前。不過這鬼地方顯然通風良好，不然被封閉幾千年的空氣薰陶一番，就算沒摔死，也足夠被毒死幾百遍了！

楊俊飛、夜峰和孫曉雪三人正舒服地昏迷在不遠處，我將槍緊緊握在手中，確定沒有危險後，這才步步為營地將他們一個接著一個打醒。

楊俊飛那混蛋醒來後，口無遮攔的先是問候了一番墳墓主人的父母，其後又表示出對其家族女性強烈的敬愛之意，罵得連孫曉雪亙古不變的冰臉也稍微泛紅，狠狠地瞪了過去。

「好壯觀的地方。」夜峰一邊打量四周一邊讚嘆。

或許是同事的死亡，讓他的性格壓抑了很多。這次見他，他的笑容變得難以一見，不過眼前的狀況，也確實沒有發笑的條件和環境。

我隨手指了指東邊，「根據地圖，這裡應該是墓穴的第一層，那個位置有個向下的樓梯。」

「這個墓到底有幾層？」楊俊飛用手電筒四處亂照。

「大概兩層，或許三層，地圖上沒有寫清楚。不過就我個人的判斷，絕對不會超過三層。三層已經是古蜀人的建築極限了，這個推論還是架構在有現在這種良好的自然環境下。」我稍微思忖了一下道。

「老娘不想管那麼多了，我只想快點報仇，然後將自己和敖的孩子生下來，讓他平平安安地活下去，一輩子！」孫曉雪又開始陷入歇斯底里了，她轉身就朝樓梯的方向走。

但剛走不遠，大概只到離下去的通道一公尺多的距離時，腳步猛地停住，她不知道看到了什麼可怕的東西，整個人甚至瑟瑟發抖起來，然後是毫無預兆的尖叫，就差跳腳了。

我們三人迅速飛奔過去，只看了一眼，視線剛接觸到通道，就全部呆住，全身呈現石化。我在顫抖，我能清楚地感覺到自己身體的強烈反應，不是因為害怕，也不是因為震驚，而是強烈的高興，甚至可以說，是欣喜。

因為我們看到對面的通道走過來一個人影，而且那個人影，對在場的某幾個人來說頗為熟悉。

在我不相信的用力望著她，用力地用手揉眼睛看是不是幻覺的時候，她也在做著同樣的動作。但明顯女生比較感性，她們寧願相信自己的直覺，也不願在難以置信的情況下，多思考那種狀況的可能性。

那個人影居然是失蹤了好幾天的謝雨瀅，她哭著，抽泣著，喊著，用力地撲進了我懷裡。我傻呆呆地抱著她，只感覺溫溫的，軟玉在懷的觸覺非常真實，卻一時間因為大腦當機而無法反應過來。

擁抱了許久，我才輕輕推開她，撫摸著她凌亂的長髮，輕聲問：「妳是怎麼跑到這裡來的？」

「我也不清楚。」她依然那副笨笨的迷糊樣子，「那天晚上一個人去小學挖時間盒的時候，突然感覺有人追著我，我跑回家鑽進被子裡想躲，結果不知為何睡著了。

「醒來時就發現，自己在一片廣袤無邊的河岸前，岸邊長滿了彼岸花，嚇得人家心臟都快跳出來了。

「河上立著一座很長很長的刀梯，我爬上去就看到了一株青銅樹，很漂亮。冥冥中似乎有人提示我，說可以實現我所有的願望。」

講到這裡她紅著臉偷偷望了我一眼，「我就稀裡糊塗地說自己想來找你，然後睜開眼睛，稀裡糊塗地又來到一道長長的樓梯前，走上去就看到了那位姐姐。」她指了指孫曉雪，又道：「還有你……」

雖然話說得亂七八糟的，但我稍微聽出了個大概。突然間大腦變得清晰起來，果然這是個大陰謀，在這個陰謀裡，所有人都是那個人的棋子，隨時都能捨棄。或許他費了那麼大的周折，為的就是埋葬在魚鳧王墳墓裡的那個東西！

現在一切都很危險，實在不是敘舊的時候。我囑咐所有人抓好手裡的槍械，背對背地警戒四周，然後緩緩地向墓穴的第二層移動。

階梯每個間隔都很短，也並非是直上直下的類型，很有可能呈圓柱狀。走了約莫二十分鐘，眼前豁然開朗，一個更大更高更空曠的洞穴露了出來。

只見這個洞穴高達百米，呈標準的圓形，直徑超過了兩百五十公尺。正中央聳立著一棵巨大的青銅樹。那棵樹，樹幹高三十七公尺，通高三十九公尺。下面有一條盤龍，尾部一直延伸到頂端。

樹分為三層，每層三枝，共九枝。每一層的三枝是靠後一枝，左右兩枝，非常對稱。左右樹枝上分別有二果枝，一果枝朝上，一果枝下垂。向上的果枝上各有一鳥，共九鳥。

「那是什麼東西，似乎很眼熟！」楊俊飛驚叫道。

「那是宇宙樹。」我瞪了他一眼，「應該說是古蜀人幻想的一種上天的天梯，這種天梯和太陽所在的地方相連接，在東方叫扶桑，在西方叫若木，因此又叫通天神樹。」

「通天神樹？」楊俊飛頓時眼睛一亮，小心地望向我，彷彿也推測到了那個可能。

我不動聲色地微微點頭，然後向神樹走去。而其餘的人開始搜索起整個洞穴。

這個地方一目了然，沒有過多久，所有人再次聚攏。

「奇怪，不是說這裡是墓穴嗎？為什麼沒有看到棺材。而且也沒有向下的通道了！」夜峰小聲道。

「當然不會有。幾千年前的民風還很淳樸，少有盜墓的敗類。古時候的帝王就一門心思尋思怎麼在墓穴裡添加設備，好讓自己能夠成仙得道。防盜的設施反而少。基本上只要進入墓穴就安全了！」

我緩緩地撫摸著近在咫尺的宇宙樹，輕聲道：「至於墓室，其實遠在天邊近在眼前。老男人，你知道該怎麼辦了？」

楊俊飛臉色凝重地點點頭，開始集中精神，警戒周圍的情況。我則稍微打量四周後，掏出黃金杖，將整根杖塞入宇宙樹右下側，一個非常不顯眼的孔裡。

只聽微微的一陣響動，宇宙樹底下鏤空的樹根開始翻動，巨大的石棺從地底下緩緩地升了上來。

留下楊俊飛戒備，我們餘下的四人同時伸出腦袋向裡邊望去。只見魚鳧王早已化為一具白骨。

他戴著金面具，渾身昂貴的珠寶，手上還死死地握著一株只有十幾公分高的青銅樹。

我將其拿在手中研究了一下，這才道：「相傳蠶叢時期傾盡國力建造了兩株青銅樹。一株是龐大的宇宙樹，相傳踏上它，在死後就能升天。而另一棵是很小的生命樹，只要死後握住它，就能得到永恆的生命。看來傳說也不盡然，至少現在躺著的這位先生就沒能夠活過來。」

「這就說不準了。」突然有一陣大笑從通道的方向傳了過來。

除了我和楊俊飛，所有人都詫異地望了過去。

那個大笑的人慢慢地從黑暗中走出來，身後跟著趙宇、李睿和彥彪，嘴角帶笑地望著我們。那人看起來大概只有二十出頭，稍微有些帥氣的臉上，寫滿和年齡不符合的滄桑感和人畜無害的微笑。

「夜不語小兄弟，看來對我的出現，你似乎一點都不感到驚訝。」他淡淡的語氣裡也帶著笑意。

「哼，被耍過一次豬都會產生防備心理，何況這次的巧合太多了，你讓我怎麼不懷疑到你頭上去？對不對，陸平先生？」我冷哼了一聲，語氣裡滿是嘲諷。眼角飛快地掃過楊俊飛，示意他快點按計畫行動。

「別動。」陸平淡然道，他的話語裡彷彿帶著無窮的魔力，正準備動作的楊俊飛頓時停滯住，所有的行為舉止都猛地停止，就如同時間也暫停了一般。

不，不能動的不光是他，我們四人再也無法動彈。

靠！實在太大意了。雖然早就猜測到所有事情都是他在搞鬼，也和楊俊飛暗中商量過應對的方式，這次準備抓住他宰掉以報前恥的，沒想到還是低估了這混蛋的能力。

難道，他除了不死外，真的還有其他的特異能力？

陸平悠閒地走到我身前，從我手中拿走生命樹，用看情人的眼光打量了好一會兒，才輕輕地拍了拍我的臉。

「小夥子，你還太嫩了。嘿，別擔心，我不會要你們的命的，連續幫了我兩次大忙，怎麼樣也要好好報答一下。嗯，就幫你們解除人頭像的詛咒好了！」

他拿著生命樹在每個人的頭頂畫了一圈，然後招呼了趙宇等人準備開溜。

我大喊一聲，叫住了他，「陸平，最後回答我一個問題。你這麼挖空心思尋找和復活和永生有關的東西，究竟有什麼目的？」

「你很感興趣嗎？」他轉過身盯著我的雙眼，悠然問。

「非常感興趣，如果有趣，我也想插上一腳。」我的視線絲毫沒有躲閃，一眨不眨地死死回盯著他。

突然他笑起來，大笑，「很可惜，我可以讓全世界所有人入夥，但唯獨你不可能。」

「為什麼？」我神色一頓。

「人啊，如果活太久，就會覺得無聊。」他仰起頭望向頂端，彷彿眼神已經穿透了厚達數百公尺的土層及山壁，投射到群星密布的繁空中。

「你是個聰明人，當然知道另一個聰明人無聊的時候會怎麼打發時間。所以，我們永遠都不可能站在一起。」

說完後，他緩緩地向外走，消失在漆黑的通道中。

一切都結束了，這場遊戲，是我們敗了，慘敗……

尾聲

回家後，時間如流水一般流逝，但所有人的生活都變得亂糟糟起來。

表哥夜峰沉溺酒精，最後被恨鐵不成鋼的嫂子第十七次趕出家門後消失了，我知道他想幹什麼，他必然是開始追尋陸平的蹤跡。

孫曉雪也收好了行囊，挺著開始大起來的肚子，徹底地從我的視線裡消失了。她也開始搜尋起陸平的蹤跡，因為找到陸平，就能找到趙宇，就能為她最愛的人報仇。女人的邏輯，永遠都是這麼簡單明瞭，不管那個女人有多聰明。

而謝雨瀅終究沒能和我在一起，她堅強地接受了父母都已經變成植物人的事實，天天守候在雙親身旁，似乎打算就那樣陪伴一輩子。

楊俊飛在回到文明社會的第二天就離開了。走的時候依然什麼都沒說，只是遞了一張他在加拿大的名片給我，叫我考慮後去找他。

於是我真的開始考慮了，考慮得廢寢忘食，甚至「不小心」忘掉了大學考試的時間。

終於，在錯過大學考試後的那個月，七月的月底，我拿起電話，撥通了名片上的電話號碼。

「喂，這裡是俊飛國際偵探社，請問您有什麼委託？」

「你好，我是夜不語……」

那天的天空很藍，藍得像我的心情。有人說藍色代表憂鬱，但是在那一天，我卻將內心中所有的憂鬱和猶豫一掃而光。

是啊，人生，應該重新來過了！

番外・死靈盒（下）

山川木石之怪皆為魍魎，陷人於一切虛妄與鏽蝕中。
浮華於世，看盡蒼穹，人間禍福又如何？

1

「喂，喂，聽說了嗎？」

熟悉的校園，熟悉的早晨，前面有兩名看上去就很八卦的女孩正用正常的聲音聊著某些不太正常的話題。

「聽說什麼？」女孩B呆呆地反問。

「最近的鏽蝕鎮有些奇怪喔，聽說如果學校前邊的十字路口起霧的話，一定要遠遠地繞開。」女孩A眨巴著眼睛。

「為什麼？」女孩B不解道，「話說，鏽蝕鎮什麼時候會起霧了？從沒聽說過！」

「別管，反正千萬別好奇地走進霧裡。」女孩A神秘兮兮地看了看四周，壓低聲音，「據說走進去的人，沒有一個能出來。」

這番無稽之談正好落入危賢的耳中，他覺得有些搞笑。什麼時候鏽蝕鎮也有霧了，光這個都能稱得上是都市傳說。畢竟鏽蝕鎮從來沒有霧，是眾所周知的事情。雖然科學上的解釋一丁點都沒有，但是沒霧就是沒霧。

霧的形成需要在水氣充足、微風及大氣層穩定的情況下，接近地面的空氣需要冷卻至某個程度，空中的水氣才會凝結成細微的水滴懸浮於空中。但是在鏽蝕鎮，似乎莫名其妙地消失了某個起霧的必要條件。

就連危賢這個性格中二、自認為集宅與含蓄為一體的科學騷年，也搞不懂為什麼本該處於容易起霧環境的鏽蝕鎮，卻終年沒有霧。

當然，有沒有霧，跟這個沒心沒肺的傢伙其實一丁點關係都沒有。可是接下來的發展，卻令危賢鬱悶了。因為上課之前的例行早自習，班導師走到講台上，居然用完全看不出是在開玩笑的嚴肅表情，為大家的校規上添了新的一條：

「鳴海高中，校規第六十七條。見到濃霧，請躲開。」

校規很簡單，也很莫名其妙，引得眾人譁然。只有危賢皺了皺眉頭，所謂校規，應該設有處罰才對，否則不能展現其威懾效果。可是這條令人摸不著頭腦的搞怪校規，沒有懲罰。

這是怎麼回事？

早晨的天空晶瑩剔透，蔚藍得一塌糊塗，說是萬里無雲也不為過。可不知為何，危賢總覺得有種陰霾和死氣，隱藏在這晴朗的天空下。他用力甩甩腦袋，想要將奇怪的想法甩掉。

希望，只是錯覺吧。

不過對那條校規，這小子還是很在意。課間十分鐘，同學紛紛與各自要好的朋友圍攏起來，談論著今天早晨班導師的規定。就連危賢前排的同學，那個名字奇怪的李逵，也轉頭，瞇著自己精亮的小眼睛，八卦道：「小翔，你說班導師是不是被鬼附身了，說的那話叫一個奇怪。什麼時候鏽蝕鎮也會起霧了。太杞人憂天了吧？」

小翔？危賢感覺臉有些抽搐，自己跟這自來熟的混蛋有那麼要好嗎？

「不對，不對，你們還不知道吧。」又一個自來熟聞到八卦的味道跑了過來，眼前的男生危賢不太記得起名字，只知道應該姓張。話說，都開學很久了，班上的同學自己還認不全，這算不算是一種悲哀呢？

張姓同學口沫四濺地自顧自說起了他聽來的小道消息，「據說最近一個禮拜，學校前邊的十字路口確實會起霧，有好幾個人不在意走進去，至今都還沒找到。」

「不會吧。」李逵嚇得縮了縮脖子。

「真人真事，我有個遠房親戚在公安局刑警隊，聽說案子就是他接手的。他還特意打電話要我最近看到霧就繞道走，免得神秘消失。」張姓同學小心翼翼地低聲道，「我就跟你們倆說一說，可別傳出去。聽我那遠房親戚說，或許有人潛伏在霧裡，藉著濃霧綁架。可誰知道呢，說不定事實更糟糕。」

他說完後就得意洋洋地揮揮手離開，雲淡風輕地走到了另一堆人旁，眼睛賊亮地繼續八卦。危賢撓了撓腦袋，指著他的背影問：「這貨到底是誰，我只記得他姓張。」

「記性不錯，他叫張嘉，有名的八卦王。據說身上長著天生的八卦雷達，只要有八卦出現，就算隔著幾個班級也會瞬間移動過來。」李逵用手托住下巴，嚴肅地沉思著，「八卦王不愧是八卦王，明明是五班的人，居然下課鈴一響就出現在一班參與八卦。唉，我輸了！」

你妹的！危賢滿腦袋都是黑線，原來那貨居然不是本班學生，害自己剛才還為了認不全班裡的人，小鬱悶小悲哀了半天咧！

一整天，全校都在討論新的校規，大多數人並不在意，畢竟校規太過離奇，沒有嚴肅性。大家嬉笑怒罵完就忘在了腦後。

就連危賢也不覺得這件事跟自己會有一毛錢關係。可惜世事難料，該來的，終歸還是來了！

2

迷霧總會遮蓋住人的眼睛，讓其看不清前方的路。視線被阻礙，至少還能察覺陽光的溫熱溫暖，至少，還能看到光明。

可人生的路被阻擋住時，就算明知道光明就在頭頂，但又能如何呢？人的腿能跳起多高？人的手能伸出多長？所以，人的眼睛其實是最沒用的器官，看得到，卻不能被救贖。只能不斷地絕望。

清雅言作為鳴海高中高二三班的班花，在別人的眼中，或許擁有一切。父親是富商，家境富裕。作為女生，她有漂亮的臉蛋和曼妙的身材。作為學生，她永遠都是老師嘴裡的楷模和典範，學習成績向來是全年級第一。

可是，恍如漫畫設定一般的清雅言，又有誰清楚她的內心深處究竟有多苦悶呢？絕望這層黑布，一直都遮擋在女孩的眼前，讓她看不到未來。甚至，她都不知道活著，有什麼意義。

一大早，清雅言就穿戴整齊走出了家門。一絲黯淡的陽光照在女孩清麗的臉龐上，她淡淡地嘆了口氣，踏上了去學校的路。百褶裙隨著移動而輕輕搖擺，她邁著慢悠悠的步伐，低著頭，不知道在想些什麼。時間還早，在這個慵懶的鏞蝕鎮，就連做生意的人也都習慣晚起。只是作為值日生，早點去班上準備是必須的義務。

紅色的小皮鞋踏在古舊的青石板上，迴盪著一股難以形容的空洞感，很刺耳。清雅言覺得今天的路特別長。看看手錶，才早晨六點四十五分。秋天的風吹拂在身上很舒爽，讓她心情不由得好了許多。

那個冰冷的家，女孩真的一刻都不想久待。

步伐如同按下鋼琴的琴鍵，不斷地敲響著同樣的聲音。聽著自己走路發出的聲響，清雅言覺得很有趣。本來拐過前邊的路口就到學校大門了，可女孩突然停住了腳步。只見周圍不知何時灰暗下來，如同失去了顏色的黑白照片。她揉了揉眼睛，視線的範圍依舊沒有滋長，反而更進一步的縮減了。

有一層白色的空氣從天空猛地降臨，籠罩在了不遠處的必經之路上。

清雅言長長的睫毛微微抖了抖，面前的十字路口，在幾秒之內完全被濃得看不清內部的霧氣遮擋得嚴嚴實實。不知道霧到底從哪裡來的，而且如此的涇渭分明，就像一團碩大的棉花糖擺在街道上。女孩甚至有伸出手看能不能扯下一團的欲望。

最近學校增加了一條新校規，是有關霧的。清雅言倒是知道。走進十字路口的霧中就會消失的傳言，她也清楚。可人類的好奇心，就算是本人也難以左右。

清雅言向後退了幾步，妄圖看清楚霧氣的全貌。但這團莫名其妙的霧實在太詭異了，看起來好似固態般，內部緩緩流淌翻滾著的白霧恍如攪拌均勻的牛奶，惰性十足。最令人難以接受的，還是霧的籠罩範圍。它似乎只包裹十字路口這一段，直徑大約三十公尺左右的範圍，其餘的位置完全沒受到影響。

太古怪離奇了！

女孩眨了眨眼，一時沒忍住，還是伸手摸了摸。冰冷的觸感縈繞在指尖，那翻滾的霧似乎軟綿綿的。什麼時候水汽凝結成的東西，這麼有實質感了？

好奇心恍如千萬隻螞蟻爬動似的，令人癢得難受。霧氣裡彷彿有無窮無盡的吸引力，只要走進去，什麼煩惱都會煙消雲散。會幸福的、會開心的、會快樂的。

只要走進去，就能得到自己夢寐以求的一切。

有個聲音不斷地在內心深處蠱惑著她，不知不覺間，女孩一步一步地向霧裡走。她漂亮的眼眸半垂著，神色麻木。就在清雅言的一隻腳探入霧中，身體掙扎著想要穿過去時，一隻不強壯但卻十分結實的手臂猛地抓住了她的胳膊。

「小心！妳在幹嘛！」危賢大叫一聲，用力將女孩往回拽。

清雅言感覺靈魂都被扯動了，震盪得她頭昏腦脹。等恢復意識的時候，才發現自己壓在一個軟硬適中的物體上。自己的臉頰下邊有一張陌生的臉。鼻子微微抽動，一股男性的氣息湧入了嗅覺神經。

她不由得臉一紅，迅速地站了起來。

危賢大感鬱悶，如果是漫畫劇情，英雄救美後自己的手應該必然會碰到某個柔軟的部位才對。可惜倒楣的他摔倒時撇到了右手，差點沒骨折。

「你拉住我幹嘛？」女孩理了理稍顯凌亂的衣裙，這才好整以暇地伸出手將危賢拉起來。

「剛才妳差點就走進霧裡去了。這可違反了校規，據說還有生命危險！」危賢總算看清了女孩的模樣，頓時大腦一陣恍惚。眼前的她上身穿著雪白的襯衫，打著紅棕色的小巧領帶。襯衫外罩著黑色的校服，兩排銅釦閃閃發亮。下身棕白相間的百褶裙似乎經過修改，只遮蓋住了一大半修長白皙的美腿。漂亮得猶如明星寫真中走出來的人物，美得令他窒息。而且，還那麼眼熟！

腦袋麻木幾秒後，他終於想起了女孩的身分，叫出聲來：「清雅言學姐？」

「你認識我？」清雅言皺皺眉，將烏黑的長髮合攏，輕輕披在肩膀上。

「當然，妳可是學校的驕傲，永遠的校花。恐怕鳴海高中沒人不認識妳。」危賢尷尬地撓了撓鼻翼，有些不知所措。

清雅言的臉色沉了下去，這番話似乎令她頗為不快。她岔開話題，視線也轉移到了白霧上，「這霧有古怪。」

白霧翻滾著，繼續停留在原地，但不知是不是錯覺，顏色又濃了許多。危賢從口袋裡掏出一枚硬幣，扔了進去。只見硬幣在空中劃出一道弧形軌跡，落入霧裡，卻始終聽不到掉在地上和青石板接觸，發出的清脆響聲。

四周靜悄悄的，充斥著無垠的詭異。那白霧像是沒有嘴的怪獸，將一切闖入的物體無聲無息的吞噬乾淨。

「太不科學了。」危賢也皺起眉頭，「霧的主要成分是水分子，可是水的密度再怎麼高，也不可能像棉花糖一樣，總歸還是氣體。我丟進去的硬幣又是怎麼回事？聲音都沒發出來！」

「進去看看嗎？」清雅言指了指白霧。

「不去！死都不去！」他使勁兒地搖頭，這貨實在不願再遇到超自然的事件。

「喔。」女孩有些失望，「那就算了，繞道上學吧。看你的校服，應該是高一的學弟？叫什麼名字？」

「危賢。」他反應迅速地回答，被校花學姐問名字，實在很值得驕傲。

「奇怪的名字。」學姐眨巴著眼睛，居然笑了。笑得很美，霎時間，彷彿整個陰霾的世界都明亮起來。

然而，她的話卻令危賢十分鬱悶，怎麼每個人聽到自己的名字都是同樣反應？自己的名字真的有那麼怪異嗎？

「危賢？偽誠實？你老爸幫你取名的時候，肯定不認真。」清雅言捂著嘴巴，笑得越發開心了。

危賢撓了撓腦袋，徹底無語。眼前漂漂亮亮的學姐，性格裡絕對隱藏著腹黑的屬性。兩人一邊說著些有的沒的，一邊準備繞道走。突然，白色霧氣彷彿呼吸似的，猛地增加了一大圈的範圍。猝不及防下，清雅言和危賢全都被捲入了霧海，視線所及的範圍，只剩白茫茫一片。

再也沒有其他。

危賢呆住了，他的心臟嚇得狂跳不止。眼睛大大地張開，卻什麼都看不清楚。他全身的毛孔都打開了，寒毛一根根豎立起來。

強烈的危機感，響徹從髮梢到腳尖的所有細胞。

3

眼睛睜開時，卻看不清楚十公分外的景象，會怎樣？大多數人都會恐慌失措，因為突然恍如失明般陷入未知的地方，誰知道危險，會從哪裡出現呢？

危賢畢竟也曾遇到一些怪異莫名的事件，所以在最初的慌張後，便立刻鎮定下來。他迅速打量四周，眼眸中的倒影全是白色霧氣，翻滾的霧氣流動速度比外界看起來更快，他就像河流裡中流砥柱的礁石，把白霧一分為二。

白霧繞開他，然後在身後合攏，不知流向何方。

突然，一個軟綿綿的身體緊緊地擠了過來。鼻子裡猛地灌入女孩子好聞的馨香，這一刻，冰冷的空氣似乎都被香味驅散。危賢的手臂也被兩根纖細的手抱住了，肌膚接觸下，皮膚上只剩那滑膩如同絲綢的感覺，和充斥滿腦神經的柔軟。

這個除了老媽就沒有和任何女人有過肢體接觸的宅男，石化在原地。

「喂喂，你怎麼不說話。死了嗎？」耳畔，一個就連緊張都顯得好聽的綿軟少女聲輕響起來。是清雅言，她害怕得身體在哆嗦，就連聲音也在發抖，帶著一絲哭腔。

「別怕，我還好好活著。」危賢大著膽子，用左手拍拍女孩的胳膊，入手柔軟光滑。天哪，就算下一秒讓他死，他也覺得值了！

「我才不是怕呢。」清雅言本能地將他抱得更緊了，生怕一鬆手，他就會在霧中消失得無影無蹤。視線範圍被嚴重壓縮，就算近在咫尺的兩人，也不太能看清對方的模樣。

可危賢還是能感到，女孩那含淚欲滴的臉。他不由得笑了。

「笑什麼？我真沒有害怕！」是啊，那麼無趣的人生，是死是活，其實對她而言根本無所謂。清雅言如此想著，卻不能壓抑身體的顫抖。

「是，是，學姐冠絕天人，完美無比，怎麼可能會在一團霧裡感到恐懼呢？其實我剛才還怕得要死呢。幸好學姐就在身旁，不然早就嚇得蹲地上了。」危賢一邊繼續觀察環境，一邊輕聲安慰，「無論如何，我都會保護妳。雖然不是很可靠，但畢竟我是雄性嘛！」

周圍看不到任何東西，除了霧，還是霧。

「保護我？」清雅言呆了呆。在這視線模糊的世界中，冰冷擠壓著所有的觸感神經。就在剛才，居然有個高一學弟說要保護自己？她想笑，卻怎麼都笑不出來。心底深處，似乎有一塊柔軟的地方被觸動了。

莫名其妙被捲入霧中，其實也並不算太糟糕。

「嗯。放心交給我吧。」危賢拍了拍胸口。

女孩沒有開口，她低著頭，想要望著自己的腳尖，但眼眸中只倒映著白茫茫的一片。

「話說，我們被捲進來的時候，是朝哪個方向呢？」危賢撓了撓頭，他一直都沒移動過，所以判斷方向並不算大問題。只是想分散一下壓抑的情緒，才向身旁的學姐確定一下罷了。

「應該是朝十字路口右側的方位。」清雅言回答。

「我們學校在北邊。十字路口的右側，就是東方。」危賢思考片刻，做了決定，「剛才目測迷霧的範圍應該是直徑三十公尺。如果我們一直朝著一個方向走，應該就能出去了。由於是偶然被捲入，我們一定位在霧的邊緣。向其他三個方向，都有些冒險。還不如朝著東邊前行，我記得，不到六公尺就有樓房，只要摸到牆壁就安全了。」

沒錯，摸到牆壁，就算目不可視物，也能破解現在的困境，走出去。

「聽你的。」清雅言覺得他分析得有條有理，也點了點頭。這個男孩，頭腦似乎很不錯。

「那好，我們一起邁……」危賢動了動，感覺到胳膊傳來的溫暖柔嫩，立刻尷尬了，「那個，學姐。能不能放鬆一些。」

雖然被美女抱著胳膊是所有雄性生物夢寐以求的王道。可現在情況不允許，也嚴重影響了行動。

「啊！」清雅言終於察覺到自己幾乎整個身體的重量都倚靠在今早才認識的男生身上，不由得滿臉通紅，急忙鬆開胳膊拉開距離。

心中微微感覺有些可惜，那個懷抱，其實挺溫暖的。特別在這片未知又看不清任何東西的世界裡，有人能依靠，很心安。

「學姐，握住我的手，不論什麼狀況都不要放開。」向前走了一步，見女孩沒跟上來。危賢伸出右手，吩咐道。清雅言一愣，立刻明白了他的意思。在不能視物的地方，兩人如果沒有牽著手的話，確實很可能走散。

她發紅的臉更紅了，扭捏著輕輕用手指碰了碰男孩的手，這才堅定地握住。手出乎意料的大，很可靠。

危賢緊抓著清雅言的手，開始一步一步地往前走。兩人就這麼走了不知多久，眼前的白霧還是白霧，絲毫沒有消退。視線依舊嚴重受阻。危賢低下頭，甚至看不到腳下的路。只能過河似的，一步一步小心翼翼地探索。左手伸直，盡量避免不小心撞到牆。

可惜無論走了多久，想像中早就應該摸到的樓房，卻怎樣都接觸不到。

清雅言稍微有些累了，她急促地呼吸了幾口冷冰冰的空氣，眼眸輕移，「視線還是很差，我們是不是迷路了？」

「非常有可能。」危賢苦笑著抹掉額頭上的冷汗，不得不承認這個事實，「據說人的大腦是會欺騙自己的。如果失去了視覺，就算明明感覺自己在往前直走，但其實早已經不知偏移到哪個方向去了。現在真實體驗了一下，該死，居然是對的！」

「難怪那些廟宇前閉著眼睛走過去摸『福』字的大人們，經常走得亂七八糟的。」清雅言撇撇嘴，「接下來我們怎麼辦？」

「再走下去也只不過是自個兒繞圈罷了，必須要想個更好的方法。」危賢突然拍了拍腦門，你妹的，這都什麼時代了，怎麼忘了用高科技。他急忙掏出手機，準備打電話求救。

「沒用的，剛才我就試過了，這裡根本沒訊號！」清雅言開口道。

「就算沒信號，手機也有 GPS 功能，定位一下不就知道自己的方位了。」危賢將手機湊到眼前，好不容易才看清螢幕上的字。果然，手機的訊號格上打了大大的叉，一丁點訊號都接收不到。點開 GPS，等了好一會兒。他眉頭大皺！

GPS 居然搜不到任何一顆衛星。

這是怎麼回事？

這條路危賢上學放學來來往往已經路過十多年了，平時手機訊號都是滿格。因為十字路口很空曠，GPS 搜索衛星的速度也不慢。可今天所有的科技手段都熄了火，難道是這層濃霧的原因？

究竟什麼水分子能夠阻擋電子訊號？

他艱難地轉動腦袋，視線在霧氣裡轉了一圈。霧中看不見任何東西，恍如整個世界已經消失得一乾二淨。在這片霧中，在這個看不到的寂靜空間中，只剩下了他跟清雅言，通過雙手接觸的溫度連接著。

明明這片霧，直徑也不過四十公尺，怎麼會如此詭異呢？這片霧，究竟是什麼東西！危賢的腦子有生以來第一次這麼亂，他有限的知識根本無法處理如此複雜的狀況。不過，無論如何，必須先逃出去再說。

「果然，GPS 也不能用嗎？」清雅言問。

「沒關係，我的手機有指南針功能。就算在沒訊號的地方也無所謂。」危賢強自鎮定，他打開了手機自帶的羅盤。羅盤的指標筆直地指向東方。他一喜，果然，這個殺手鐧還是有效的嘛。危賢拉著女孩，稍微走動了幾步，轉了一下，頓時，剛才還喜悅的心沉入了谷底。

指標完全沒有動，死掉似的依舊筆直指向東方。

完了，就連最後辨識方向的手段也失效了。

危賢嘆了口氣，感到無比迷茫。無論怎麼說，他也不過是個讀高一的死宅而已，大起大落多了，還是會氣餒，會絕望。身旁的女孩似乎察覺到了他的沮喪，身體輕輕地靠過來，將兩人握著的手緊了緊，「沒關係，別洩氣。你剛剛不是揚言要保護我嗎？」

女孩幽幽體香再次瀰漫在鼻腔中，危賢感覺自己有精神了許多。皮膚上接觸到的地方流淌著溫和淡然的觸感，女孩伸出手揉了揉他的腦袋，「我相信你能保護我。」

清雅言的聲音柔柔的，很好聽，也帶著絲絲難以察覺的堅定。

「那是必須的。我會保護妳！一定能！」危賢仰起頭，完全被治癒了。他深呼吸後，拉著清雅言就地坐下。

清雅言有些不解，隨後危賢的話就響起來，「話說，我們瞎跑幹嘛。明明太陽升起來，就會把霧驅散得一乾二淨。乾脆原地坐下等著吧。」

「嗯。聽你的。只是今天恐怕要遲到了！」女孩笑著，這位學弟很有趣。

危賢將手機翻回桌面，看了一眼時間。猛地，他幾乎不敢相信自己的眼睛。身體不斷地發抖，就連意識也恍惚起來。他的聲音乾澀，艱難地吐出了幾個字：「學姐，妳出門時，幾點？」

「六點四十五，怎麼了？」女孩遲疑地反問。

「走到十字路口遇到白霧的時間呢？」危賢又問。

「大概七點零幾分吧。」清雅言不笨，她似乎聯想到了某些東西，不由得也有些口乾舌燥。

「我的時間也差不多。六點半出門，七點零五分我們被捲入霧裡。」危賢顫抖著，但仍努力地要自己平靜，「可妳看看自己的手機。」

清雅言聞言，掏出手機看了一眼時間。頓時，她整個人都呆在原地。靚麗的螢幕上，幾個數字冰冷地凝固著。

七點零六分三十一秒，正是兩人被捲入詭霧中的時刻。

時間，停止了？

4

時間停止了，還是手機壞掉了？這根本無法判斷。在這片濃霧中，沒有訊號，不能GPS定位。科技產品會壞掉，似乎也是理所當然不值得大驚小怪。但是，手機真的壞掉了嗎？

「你記得學校裡最近的傳言嗎？」清雅言捋了捋自己的烏黑秀髮，「關於霧的？」

「好像失蹤了三個人吧。」危賢不太確定。

「正確來說有四個，至今還沒被找到。」女孩輕聲道，「我看要等這片霧自己散掉，恐怕有些難度。」

「沒錯，霧中的世界，太詭異了。」他有些頹然，「既然一個多禮拜前失蹤的同學都沒能找到，也就意味著他們或許到現在還沒在霧裡找到出路。」

「也可能遇到了危險，喪命了。既然光是霧都如此古怪，誰知道裡邊還藏著什麼更讓人難以置信的東西？」清雅言理智的一邊說，一邊苦笑，「自救很困難，看來從今以後，我們要相依為命了。」

危賢也苦笑起來，「就算我們能夠相依為命，又活得了多久？這鬼地方沒吃的沒喝的，要不了幾天就會渴死。」

「活一天算一天吧。」清雅言將頭依靠在他肩膀上，心裡說不出的輕鬆。以另一種徹底的方式完全脫離了那個糟糕家庭，雖然仍舊有些害怕，不過，自己並不孤獨。

少年感覺肩膀一沉，有個綿軟香甜的物體就壓了下去。稍顯凌亂的髮絲撓在臉頰上，癢癢的。他的心不由得也平靜了很多。事情既然已經到了這種地步，自救的可能性幾乎已經微乎其微。

就這樣呆坐著等死嗎？危賢大腦陷入混亂，不斷回憶著從前的種種，猛地發現自己的這一輩子還真不值得。除了宅、就是拿著淘金棍到處尋找垃圾。沒幹過一件有意義的事情，這麼無聊的一生，突然沒了。

父母，會傷心嗎？

而大多數的同學或許會指著自己的遺像說：「就是這小子，上學路上失蹤了，到現在還沒找到。對了，那小子叫什麼名字？當了半年同學，對他沒什麼印象呢。」

亂糟糟的思緒充斥在腦皮層，危賢陷入了混亂中。

「喂，學弟。」恬靜的聲音將他從胡思亂想中拽了回來。清雅言不知為何將臉湊了過來，「接過吻嗎？」

「沒，沒有。」危賢身體一僵。濃霧裡，少女的體香滿溢，她的臉在不斷靠近，最後在近在咫尺的位置停下。清雅言長長的睫毛幾乎快要貼在了他的額頭上，女孩的雙頰有些發紅，呼吸急促。

「我也沒有。」學姐眨了眨眼，掩飾緊張，「要不要試試？」

「我不知道。」危賢很丟臉地將問題拋了回去，他心跳得厲害。

「你這人真沒用，是不是男人。我們反正都要死了，就別扭扭捏捏了！」清雅言不耐煩了，她一把抓住他的腦袋，就要毫無章法地親下去。

突然，清雅言的動作猛地停止，她的耳朵抖動了一下，「學弟，似乎有什麼東西在靠近。」

迷霧中雖然看不到前方，也聽不到稍微遠一些的聲音。可是危賢還是能感到真的有什麼東西，帶著壓抑的氣氛在不斷接近。那東西在筆直前進，彷彿屬於這個天地的主人。一切都那麼玄奧，很難解釋。

近了，越來越接近了。

危賢和清雅言戒備地直視前方，心臟跳動得厲害。恐慌和無力感充斥著大腦，他們不知道該不該逃，可又該往哪裡逃！

終於，一個嬌小的人形身影破開白霧，進入了眼眸中。那是一名穿著高一校服的女孩，她的姿勢很奇怪，面容清秀但卻面無表情，麻木呆滯猶如行屍走肉般朝著他們走來。腹部位置，還有血不斷往下流，似乎受了很重的傷。

「沒想到霧裡邊還有人？」危賢很高興，他拔腿就要迎上去。

「學弟小心！」女性的直覺告訴清雅言那個人很不對勁，她的身上全是死氣，沒有活人應該有的朝氣。清雅言一把推開已經和那女孩靠得很近的危賢，整個人都暴露在古怪女人的身前。

就在這交錯的眨眼間，高一女生尖銳地吼叫起來，她本就已經很破舊的校服猛地炸開，一道白色光華以迅雷不及掩耳的速度刺入了近在咫尺的清雅言前額。

清雅言頓時倒在地上。

高一女生的血肉如雨水般分解掉落，很快就消失在霧氣中。危賢瞪大眼睛，呆滯地看著這一幕，他拚命地跑過去抱住已經失去意識的學姐，自責感幾乎吞噬光他的意志。

他就這樣抱著她，一聲不吭，一動不動，不知過了多久，突然，清雅言睜開了眼睛，危賢喜悅地剛想說話，可眼前的狀況卻硬生生掐住了他的喉嚨。

學姐的眼眸裡沒有絲毫感情色彩，只有冰冷。她舔了舔嘴唇，向著他的脖子咬過去。危賢心如死灰，就那麼看著清雅言原本紅潤可人的嘴唇向自己越靠越近，然後閉上了眼睛。

會死吧，這一次，死定了。

他如此想著。

猛地，耳畔傳入一道熟悉的聲音：「滾開！」

「MM 研究社」的社長趙韻含，高舉著一支老舊手機從霧中出現。那支看起來落後時代很久的功能手機的螢幕上，居然散發著一種淡白色的光芒。白光剋星似的融化了本來濃密到難以驅散的白霧，她走到兩人身前，看著面目猙獰的清雅言，然後將手機螢幕對準她的臉，用冰冷的聲音說：「給我滾出來！」

不斷嘶吼著的清雅言頓時翻了個白眼，暈了過去。

「哇，鬼！」危賢嚇了一跳，從悲痛中反應過來，下意識地吼了一聲。

「鬼你個頭，本美女冰清玉潔，哪裡像鬼了？」趙韻含穿著高一的校服，在他腦袋上敲了一下，「我最近幾天不過是忙著下載對付這盒子裡的東西的外掛程式，你這傢伙不忙著幫我找，居然在這裡悠哉地泡妞。」

危賢焦急地哀求道：「求妳救救學姐。」

趙韻含皺著眉頭打量清雅言幾眼，嘆了口氣，「很難，她被盒子裡的東西附身了。」

「真的沒救了？」危賢頹然坐在地上，滿臉絕望。

「我又沒說過沒救。」趙韻含淡淡道，「做個選擇吧，你是要她死，還是要她忘記一切？」

「這有什麼關聯嗎？」危賢疑惑不解。

「盒子裡的東西隱藏在大腦皮層的記憶中樞，如果要祛除它，眼前的女孩就會失憶。至於會失去多少記憶，我也不清楚。」

「我，我選擇……」危賢沉默了，和清雅言的一幕幕流過腦海，他痛苦地閉著眼睛，剛要開口。清雅言卻掙扎著睜開了眼眸，「我選擇死。」

「為什麼？」趙韻含感覺很有趣。

「我的人生只有這幾天才是真實的，死或者活著又有什麼區別。」清雅言淡淡道。

「學姐，這並不是由妳決定的。」危賢打斷了她，眼神堅定地望著趙韻含，「我選擇好了，剝奪掉她的記憶。」

清雅言瞪著他，流著淚，「學弟，我會一輩子都恨你。」

趙韻含舉起了手機，默默唸著他們聽不懂的東西，準備封印她身體裡的陰暗事物。

手機螢幕逐漸散發出清雅的光。

「我知道。」危賢摸了摸學姐的頭髮，「可我不能讓妳死。」

「那，吻我。」清雅言眼眸流轉著說不盡的光華，她使勁兒地摟住危賢的脖子，努力想要吻在學弟的嘴唇上。

紅潤的嘴唇，在接近他的最後一秒，戛然而止。

趙韻含的手機螢幕光芒大熾，一道道虛影從清雅言的頭頂被吸了出來，消失在光焰中。

水潤的唇，才剛剛開始，就已經結束。一陣風拂過，濃霧消失得無影無蹤。只剩下孤零零的兩人，一個呆坐在原地，另一個靜靜地枕著他的大腿。

樹葉在風中飄零，散了一地。

雲霧散盡，本來進入霧裡時還是早晨，可是現在只剩下黑暗。黑色的街道，遠處黯淡的燈光。

危賢摟著清雅言，呆呆地摟著。

地上，那個詭異的盒子正靜靜平躺著，但盒子的蓋子卻已開啟了。

趙韻含將盒子撿起來，放到鼻子前聞了聞，然後皺眉，「不見了！」

「什麼不見了？」危賢感覺四周有些陰冷。

「盒子裡的負面能量，全部消失了。不對啊，我剛才明明只封印了一小部分！」趙韻含臉色發白，不耐煩的揮手道，「算了，你先送那女孩回去，我自己找找看。總之你現在也沒危險了！」

「可是，妳一個女孩子，又是大晚上的……」危賢猶豫道。

「快滾！」趙韻含猛地轉回頭，狠狠地瞪著他，女孩漂亮的眸子帶著絲絲憤怒。他被嚇了一跳，即便心情不爽也只能離開。

清雅言的學生手冊上有地址，危賢將她輕輕放在家門口，敲了敲門。見她父母手忙腳亂地把學姐抬進去後，這才鬆了口氣，踏上了回家的路。

這一路十分平靜，卻也異常詭異。午夜的街頭，燈光隨著他的靠近和遠離而飄忽不定，就連腳下的影子，也隨著他的腳步，時而拉長，時而縮短，很是詭異。

他猶自不覺，突然像是想起了什麼，可偏偏記憶跟他開玩笑。危賢老是想不起是什麼事情，只覺得很重要！

接近十二點時，他才偷偷地回到家門口。這輩子第一次那麼晚歸，希望開門時不要被父母發現。危賢小心翼翼地將門鎖打開，然後躡手躡腳地進了客廳。

不敢開燈，危賢脫了鞋子，盡量不發出一丁點聲音。明明是夏天，可總覺得屋裡的氣氛不對，有些冷得厲害。他打了個冷顫，向自己的房間潛行。突然，腳尖在黑漆漆的地面上不小心碰到了某個軟綿綿的東西，他險些摔倒。

窗外朦朧的燈光穿刺入屋內，但卻沒有提高可視範圍。危賢只感到腳尖上的觸感非常奇怪，像是踩到一大塊豬肉似的，說不出的難受。於是他掏出手機，按開螢幕。

一道柔和的光芒從螢幕上流瀉出來，將客廳照亮。頓時，危賢嚇了一大跳。老爸正光著上半身仰躺在地上，肚子一起一伏，睡得很熟。

可是姿勢，卻看得人極為難受。正常人的睡相得難看成什麼樣子，才能怪到這種地步？或許是因為喝醉了吧？老媽呢？怎麼沒將老爸扶進去？

危賢百思不得其解，看著躺在冰冷地板上的老爸，還是忍不住伸出手去推了推。但他的指尖剛接觸到父親的皮膚，立刻驚恐地縮了回來。老爸全身冰冷，好像冰塊一般。

醉酒的人體溫會變低？應該不可能吧！

危賢急了，他用力地搖了搖老爸的腦袋。看似熟睡的父親沒有任何反應，他暴露在空氣裡的肚子依舊一起一伏，彷彿跳動的心臟般有節律。

「爸，老爸，快醒醒。」危賢真的被嚇到了，他無論如何都沒辦法將體溫降到零度的父親弄醒。人類是恆溫動物，人體極限溫度是多少？三十二度！低於三十二度二十分鐘，就會致命。可體溫已經如同冰塊一般的老爸，如果不是還在呼吸的話，危賢恐怕已經崩潰了。

不行，要打電話叫救護車。還有，先叫醒老媽！

危賢慌手慌腳地朝主臥室跑，沒跑幾步，腳底又踩到了一個滑膩的物體。他就著手機光芒看去，頓時臉色煞白。

地上的是老媽，她穿著單薄的睡衣躺在地上，仍舊熟睡著。只是姿勢更加詭異，一隻手使勁向著不遠處伸出。他順著手的位置看過去，牆的盡頭，是一面鏡子。

老媽為什麼會掙扎著朝鏡子伸出手？他蹲下身試著搖了搖母親的身體，和父親一樣，通體冰涼。那股涼意，甚至通過手指滲透入皮膚、指甲、骨髓，令人不寒而悚。

微微的光線下，鏡子裡倒映著他的模樣。很正常，早已經沒有先前那恐怖猙獰的樣子。可為什麼父母卻不正常起來？

危賢腦袋很亂，他強忍著內心的恐懼，摸索著朝客廳的電話走。走了一半就大罵自已糊塗，手裡明明拿著手機，幹嘛還要去找室內電話。他按號碼的手指在發抖，短短的三個數字，卻按了很久。還沒等按完，猛地，整個人都猶如石化了似的，呆住了。

客廳的大鏡子裡，他的背後，出現了一個人。是一個女孩，一個他十分熟悉的女孩。趙韻含漂亮的臉蛋上面無表情，愣愣地看著他，看著他身前的碩大鏡面。就連身體都是僵直的，黑黑的眸子隱藏在黑暗中，模糊一片。

「趙韻含，快救救我的父母！」危賢先是一驚又是一喜，想起了眼前女孩似乎能用手機做超自然的事情。說不定能救人。

可趙韻含沒有回答他，只是安安靜靜地站著。客廳空間隨著他聲音的消失而陷入死寂，氣氛若有若無地變得壓抑、難受。

就在這時，危賢總算是想起了那件沒有想起的事，他警戒地向後退了幾步。

幾天前在舊校舍二樓，他曾不真切地看到從女孩書包中飛出的匣子裡竄出一道血色紅光，以肉眼難見的速度折射在地面上破碎的鏡子玻璃之間，最後竄入趙韻含的背部。

當時他本以為是錯覺，可現在看來，或許那時女孩已經被附了身。至於為什麼現在才發作，這就不是危賢能夠揣測的了。

危賢咬著牙，猛地將腳下的母親翻了個身。只見母親的背部，赫然有個碩大的血紅眸子，在捕捉到他的一瞬間，猶如潮水般的恨意噴發而出，化作如實體般的視線死死盯著他。

紅眸在黑暗裡彷彿一盞邪惡的燈，帶著無窮吸引力。不聲不響的趙韻含也轉過了身體，她的背上，亦長出了一個大大的血色眼睛。邪氣十足的瞳孔，滿帶恨意的視線。同一時間，原本躺在地上的父親，也如同殭屍般翻了個身，將背上巨大的紅瞳露了出來。

頓時，危賢完全明白了。早在舊宿舍時，盒子中的東西就已經逃脫，附在趙韻含身上。然後趙韻含又因某種原因，在紅瞳的操縱下，行屍走肉地到了他家，更將負能量附著在自己父母身上。

那盒子內的東西，為什麼會到自己家中？盒子明明就已經被他送了出去，他也恢復了正常。自己本應該和它一點關係也沒有了，為什麼它又回來找自己？

不對，或許找的並不是自己！

危賢這輩子都沒有這麼快速地運用腦子，他突然發現，自己已經被封堵在了三個長出紅色眼眸的人體之間。不遠處的地上，趙韻含的老舊手機就安安靜靜地平躺著。紅眸在散發著紅光，一絲一絲的紅色光芒有若實質般飄浮在空中，令整間屋子的空氣益發寒冷。

父母也從地上爬了起來，朝他逼近。危險感猶如十二點的喪鐘，一聲比一聲響亮地敲響在腦海。

他強忍住狂跳的心臟，往地上一仆，險之又險地躲過了近在咫尺的母親抓過來的手爪。危賢很清楚，只要被抓到，恐怕就會被附身，變得跟眼前三人一樣。他猛地握住了趙韻含的手機，翻開螢幕，清冷的光芒照亮了四周，將周圍的血紅色光線映得更加猙獰。

「開啟真實之扉。」

「開啟利刃之扉。」

危賢學著趙韻含的模樣，高舉手機，傻兮兮地叫了幾聲。不過完全沒用。他頓時傻眼。難道這支爛手機還具有自動識別系統？

被紅眸控制的三人真的像是三具殭屍，以不快不慢但卻令人心驚膽寒的速度想要抓住他。危賢在這狹小的空間裡拚命躲避，很快就避無可避。

「冷靜，冷靜！」他使勁兒地運轉腦袋，飛速消耗腦細胞。那怪物本應和自己沒關係了，為什麼要回來？難道它根本就沒有從自己身體內消失？不對，鏡子裡的自己明明就已經恢復原狀。那麼，它為什麼非得要回到這個屋子呢？

危賢躲得很辛苦，隨時都有生命危險。他暗地裡發誓，躲過了這次危機一定要好好鍛鍊身體。再一次躲過趙韻含抓來的爪子，突然，他眼前一亮。

鏡子，是鏡子。

他第一次見到自己模樣的變化，是在廁所的鏡子前。那怪物初期只能藉著可以反射光線的物品顯形。任何東西都需要介質才能存在，哪怕能量也同樣如此。電能需要電池來容納儲存；資料需要硬碟；這紅色眼眸的怪物，是不是也需要呢？

如果需要，他第一次照鏡子的那面鏡子，恐怕就是它的大本營。

賭一把，賭贏了就能活下去，就能救自己的父母。賭輸了，結局會怎樣，已經不容多想了！

危賢透支了自己的體力，才好不容易躲進廁所。用剩餘的蠻力將掛在梳妝檯上的鏡子扯下來，他的臉上滿是苦澀的笑。

「妖怪算神馬，不要小看科學騷年的智慧。」這位科學騷年大吼一聲，將鏡子狠狠摔在地上，然後一腳朝著鏡子踹去。

鏡子頓時被摔得粉碎，只聽見客廳裡傳來三聲淒厲至極的慘號。他頭也不回地拉開門，逃到客廳。原本追趕他的三人已經暈倒在地上，父母背上的紅色眼眸在一陣扭曲後，化為紅光，猛地朝廁所滿地的鏡子碎屑裡鑽。

可是鏡子的碎屑明顯沒辦法容納這些負面能量。紅瞳帶著沖天的恨意，在空中轉折，緊接著就朝他的身體撲來，想要鑽入他的雙眼中。

這時，一聲好聽的輕響灌入耳朵，「開啟遲鈍之扉。」

「開啟虛納之扉。」

「收！」只見趙韻含拖著身體，痛苦吃力地撐起上半身。她的手上拿著那部老氣橫秋的翻蓋手機，手機螢幕亮光大熾，長鯨吸水般將那碩大的紅色血瞳壓縮，吸入內部。

凌亂的客廳中，總算是再次恢復了平靜。

死裡逃生的兩人對視一眼，同時露出難看的笑。

晚風吹拂過城市，帶來了一絲輕鬆，以及一絲冷意！

尾聲

「不考慮加入我的MM研究社嗎？」又是一個禮拜四，下午六點。趙韻含漂亮的臉蛋上，帶著一絲蠱惑，「我可以讓你當副社長喔。」

「我才不要加入連名字都莫名其妙的社團呢。而且，這個社團還只有一個人。」危賢偏過頭，沒理她。

「切，你這人還真敢拒絕我這種大美女。難怪沒人緣。本來看你還算不笨，值得培養的說。」

值得培養？是值得拉去做砲灰吧！危賢撇撇嘴，問出了來意，「那個古匣，找到來歷了嗎？」

「還沒有。」趙韻含搖頭，「我只弄清楚了，那個紅色的眼眸，曾經是人類女性的左眼。不知為何就變異了。唉，那層濃厚的恨意，每接觸一次，我都會驚怕一次。究竟是多大的仇恨，居然能將一個死女人的眼珠子變成像妖魔一般的存在？民國時期的鳴海高中，到底發生過什麼？還得要查查。」

「也就是說搞了半天，還是什麼都不清楚？」危賢鬱悶了，「那我走了！」

說完便毫不猶豫地想要離開，這個詭異古怪的社團，多待一刻都是危險。

趙韻含氣急敗壞地叫住他，「你就這樣走了？真的不加入社團？」

「死都不要！」他再次搖頭，推開門真的走了出去。

趙韻含清純漂亮的臉一陣發黑，狠狠地從鼻腔裡噴出一口氣，表情卻突然變得精采起來。嘿嘿，小傢伙，有你求我的時候。要知道那隻邪惡的紅瞳在被收入手機前一刻，自己故意頓了頓，那團絕望的負能量從這討厭鬼的靈魂上咬下了些什麼東西。不知道咬掉的是什麼。或許是軟弱，或許是孤僻。總之，真是有趣！

趙韻含笑嘻嘻的，隨後透過窗戶望向遠處。

眼眸就是每個人心靈的明鏡，人能欺騙別人，也能欺騙自己。只有捨棄了軟弱的人，才會懂得合群的意義。

危賢正要回家。他晃眼看到窗外的操場，清雅言學姐被眾人環衛著路過。似乎察覺到了他的視線，輕輕望過來，衝他禮貌地笑了笑。

危賢有些黯然，果然，學姐完全失去了關於自己的記憶。霧中的一切，不過是場只有自己記得的夢而已。

他的前座，叫做李逵的同學拍了拍他的肩膀，「危賢，去打籃球嗎？」

危賢愣了愣，點頭，笑了。

「去！」

夜不語作品 41

夜不語詭秘檔案 115：寶藏（下）

國家圖書館出版品預行編目資料

夜不語詭秘檔案115：寶藏（下）／夜不語 著.
— 初版. — 臺北市：春天出版國際， 2020.12
面； 公分. —（夜不語作品；41）
ISBN 978-957-741-308-6（平裝）
857.7 109017854

ISBN 978-957-741-308-6
Printed in Taiwan

作者	夜不語
封面繪圖	Kanariya
總編輯	莊宜勳
責任編輯	黃郁潔
美術設計	三石設計
出版者	春天出版國際文化有限公司
地址	台北市忠孝東路四段303號4樓之1
電話	02-7733-4070
傳真	02-7733-4069
E-mail	story@bookspring.com.tw
網址	http://www.bookspring.com.tw
部落格	http://blog.pixnet.net/bookspring
郵政帳號	19705538
戶名	春天出版國際文化有限公司
法律顧問	蕭顯忠律師事務所
出版日期	二〇二〇年十二月初版
定價	180元
總經銷	楨德圖書事業有限公司
地址	新北市新店區中興路二段196號8樓
電話	02-8919-3186
傳真	02-8914-5524